KB052291

스승 프란치스코

스승
프란치스코

호르헤 밀리아 지음
고준석 옮김

하양인

스승 프란치스코

초판 1쇄 인쇄 2016년 5월 8일
초판 1쇄 발행 2016년 5월 12일

교회인가 2016년 1월 4일 천주교 서울대교구
지은이 호르헤 밀리아
옮긴이 고준석
펴낸이 이희경
총괄이사 이종복
펴낸 곳 하양인
디자인 블루
책임편집 박성진
주소 (06157) 서울특별시 강남구 삼성로 95길 6(삼성동) 삼혜빌딩 401호
전화 02-714-5383 **팩스** 02-718-5844
이메일 hayangin@naver.com
블로그 http://blog.naver.com/hayangin
출판신고 2013년 4월 8일 (제300-2013-40호)
ISBN 979-11-87077-01-5 03870

베르골리오,

당신이 그립습니다

무채색으로 풀려나오는
지난 시간들을 호명하며…

"너무 조급해하지 마세요. 스스로를 다그친다고 달라
지는 건 없답니다. 사람은 누구나 한 걸음씩 성장하는 거
예요. 딱 그만큼씩만……."

어둡고 긴 터널 저편에서 그가 성큼성큼 걸어와 내 열
다섯 사춘기의 문을 두드렸다. 여리기 때문에 쉽게 상처
받고, 쉬 아물지 않는 생채기 때문에 눈물짓던 어느 날이
었다. 호르헤 마리오 베르골리오. 그의 가르침을 받을 수
있었던 건 내게 축복이었다. 다른 친구들 역시 마찬가지
였으리라.

돌아보면 내 영혼이 봄날의 햇살처럼 따뜻했던 시절이
었다. 이 책을 통해 지금은 교황 프란치스코이지만, 한때
우리가 마에스트로라고 불렀던 그의 젊은 날의 모습을
그려보고자 한다.

마에스트로는 교사로서 실습기를 보내는 예수회 사도
를 가리킨다. 학생들과 함께 생활하는 이 3년이라는 시간
은 어떤 의미에서 예수회원들이 교수법을 배우는 중요한
시기라고도 할 수 있다.

2006년, 당시 아르헨티나 교회의 수장이었던 베르골리
오 추기경은 나의 책 『행복한 시절』의 서문을 써주었다.
그 책은 산타페의 '무염시태성모 마리아가 하느님의 특별한 은총
을 입어 원죄에 물듦 없이 잉태됨을 뜻함 기숙학교'에서 보낸 5년
간의 이야기를 다룬 것인데, 몇몇 부분들은 거기서 옮겨
왔다.

거의 반세기가 지난 시점에서 빛바랜 기억들을 더듬어 글로 옮긴다는 것은 그의 제자라는 혜택을 누렸던 나에게도 쉽지 않은 작업이었다. 어떤 기억들은 이미 사라졌고, 어떤 기억들은 점차 희미해지고 있으며, 어떤 기억들은 여러 사건들이 한데 뒤섞여 부풀려지거나 이상적인 형태로 미화되는 사태까지 발생했다. 따라서 신빙성 확보를 위해 같은 에피소드일지라도 여러 사람의 의견이 엇갈릴 경우 그 내용은 과감히 버렸다.

이 책은 2년이라는 시간 동안 우리가 함께 나누었던 소소한 일상의 기록이자 교황 프란치스코의 젊은 날을 추억하는 제자들의 증언이라고 할 수 있다.

아정한 분위기 속에서 자유분방함을 추구하고, 때로는 돌출되지 않는 파격을 선사하며, 품격 있는 유머를 구사했던 그가 교사로서 했던 일, 그리고 당시의 제자들―그의 표현에 따르면, 보다 신부답고 보다 형제 같을 수 있도록 자신에게 가르쳐 준–에게 남긴 발자취를 더듬어보고 싶었다. 아무쪼록 이 책을 읽는 독자들이 그의 인간적인 면모를 조금이라도 더 이해할 수 있기를 바랄 뿐이다.

2013년 마지막 날, 살타에서
호르헤 밀리아

차례

제1부

1964년

"우리 모두는 반쯤 썩어진,
시대라는 드라마의 증인들이다."

새 학기

산타페 마요 광장은 학생들의 싱그러운 수다로 오랜만에 활기가 넘쳐흘렀다. 대성당 주변에 모인 아이들은 그동안 밀린 이야기를 나누면서 교문이 열리기를 기다리고 있었다. 그날은 공식적으로 수업이 시작되는 날이었다. 물론 교과서를 펼칠 시간 따윈 없을 것이다. 그건 모두가 알고 있는 사실이었다.

1964년 3월의 아침은 케네디의 암살 이야기로 막이 올랐다. 그의 죽음 뒤에는 엄청난 음모가 도사리고 있다고 누군가 잔뜩 흥분한 목소리로 말했다. 확실히 그의 죽음은 극적이었다. 누가 '새로운 개척정신'을 외치며 일약 미국의 희망으로 떠오른 그를 죽였는가. 아이들은 저마다

CIA, KGB, 마피아 등의 개입설을 주장하며 열띤 논쟁을 벌였다. 뜨겁게 달아올랐던 분위기가 한풀 꺾이면서 화제는 대륙간컵 축구대회와 아쉽게 끝난 방학 이야기로 옮겨갔다.

가을은 파타고니아 지방을 떠나 부에노스아이레스를 향해 북상 중이었다. 보름 남짓 후면 남쪽의 가을바람이 이곳 마야 광장에 도착할 것이다. 한낮의 햇볕은 아직도 뜨거웠지만, 서양물푸레 나무의 잎사귀들은 푸르렀고 아침 공기는 신선했다. 그렇다고 더위가 완전히 물러간 것은 아니었다. 빳빳하게 풀을 먹인 하얀 셔츠에 넥타이를 단정하게 매고, 얼굴이 비칠 정도로 반짝반짝 광이 나는 검정 구두와 감색 교복까지 갖춰 입어야 하는 그날은 더욱 그랬다.

"그동안 어떻게 지냈어?"

재판소 옆 벤치에 앉아 무료하게 시간을 죽이고 있던 마르셀로가 잠이 덜 깬 얼굴로 물었다.

"그냥저냥 지냈지 뭐. 일곱 과목이나 재시험을 봤는데 운 좋게 모두 통과했어."

호르헤가 심드렁하게 대답했다. 그들은 팔꿈치를 무릎

에 괴고 두 손으로 얼굴을 감싼 채 앉아 있었다. 교가에 나오는 '서광이 가득한 청소년기'라는 문구는 방학 동안 늦잠에 익숙해진 아이들에게는 무의미한 수식어에 불과했다.

"그걸 다 통과했다고? 시험 준비를 얼마나 철저히 한 거야?"

"2주. 그동안 사는 게 사는 게 아니었어. 외출은 꿈도 못 꾸고 방에만 틀어박혀 책과 씨름했지. 날밤을 지새우면서……. 커피를 입에 달고 살았다니까. 거의 판박이 같은 생활이었어. 주일날은 새벽미사에만 참석했어. 아무도 안 만나려고. 수녀님들하고 할머니들만 있으니까……."

"오호, 굉장한데."

"전혀. 끔찍하고 피곤한 나날이었어. 한 과목 시험이 끝날 때마다 한결같은 설교를 들어야 했다고. 내가 공부하기로 마음만 먹으면 재시험 같은 건 볼 필요도 없을뿐더러 좋은 성적을 얻게 될 거라고 말이야."

"틀린 말은 아닌 것 같은데……."

호르헤는 마르셀로의 말을 귓등으로 흘리며 자기 얘기를 푸념처럼 늘어놓았다.

"제발 유급만 되지 않게 해달라고 얼마나 빌었는지 몰라. 매 과목 시험 때마다 성모님 앞에 엎드려 통사정을 했다고. 촛불을 켜고 애원하다시피 매달렸어. 우리 어머니 역시 촛불을 밝히고 기도하셨지. 내 시험이 대형화재를 낸 것 같아."

"그러고 보니 네가 재시험을 볼 때마다 소방차 사이렌이 울린 것 같기도 하다."

마르셀로가 맞장구를 쳤다.

"난 방학 내내 산타페를 벗어난 적이 없어. 쭉 가족과 함께였지. 마치 경찰들이 자기 구역을 떠날 수 없는 것처럼. 너도 내 경우가 돼 봐. 휴가 같은 건 꿈도 못 꿀 테니까. 어쨌든 결론적으로 그리 나쁘진 않았어. 해변이랑 파티 빼고는. 마르셀로, 넌 뭐하면서 보냈어? 릴리아나와는 어떻게 됐어? 네 뒤에서 다 죽어가던 열성팬 말이야."

"걘 죽어갈 다른 곳을 찾았어. 또 다른 죽음의 침대를. 얼마 전부터 알고 지내던 녀석인데, 배기량 큰 오토바이를 몰고 다니는 뚱보……."

"걔는 죽다가 다시 살아나는 불사조처럼 좀 희한한 족속이네."

"네 말을 듣고 보니 그런 것도 같다. 계속해서 종부성사를 요구하는……."

"죽음에 대해서는 그만 말하는 게 좋겠어."

마르셀로가 의아한 눈으로 호르헤를 바라보았다.

"무슨 일 있었어?"

"슈마허가 죽었어."

"그게 누군데?"

"다른 과정에 있는 기숙사생, 로베르토 슈마허."

"그런 일이……. 어쩌다가?"

"자동차가 폭발했대. 야드 신부님이 내 시험점수 보러 왔을 때 알려 주시더라. 난 아무 말도 못했어. 그날 장례식이 있다고 하셨는데, 내가 원했으면 참석할 수도 있었는데 안 갔어. 잘한 일인지 모르겠다. 실수한 것 같아……. 아, 모르겠다."

갑자기 그들 사이에 누군가 다른 사람이, 신비스럽고 무시무시한 예기치 않은 손님이 앉아 있었던 것만 같았다. 슈마허의 사고는 7일이 지나고 다시 7일이 지나도록 이 예수회의 요새 어디에도 죽음과 무관한 곳은 없다 싶을 정도로 모두를 큰 슬픔에 빠뜨렸다.

"믿을 수 없어. 그 애랑은 '응', '아니'라는 말밖에 주고받지 않은 것 같은데 얼굴은 또렷하게 기억해."

"나도 잘 알지는 못해. 두세 번 정도 본 게 고작인걸. 꽃다운 나이에 그렇게 가다니……. 기분 지랄 같다!"

"언젠가 우리도 육신의 가죽을 세상에 남겨두고 떠나겠지. 나한테 그런 날이 올 거라고는 상상이 안 돼. 아득히 먼 별나라 이야기인 것만 같아."

"그런데 정말 그런 일이 일어나지. 풍선을 터뜨려 주려고 누군가가 우리를 찾아와. 아아, 다른 이야기를 하는 게 좋겠다."

하지만 아무 일도 없었던 것처럼 다시 잡담을 이어가기는 힘들었다. 직면해야 할 힘겨운 일이 있다면 그건 죽음이었다.

"혹시 학교 소식 들은 거 없어? 새롭고 쇼킹한 거……. 넌 산타페에 남아 있었잖아."

"내가 유일하게 아는 건 문학 과목 책이 엄청 두껍다는 거야. 마치 개미들의 행렬처럼 깨알 같은 글씨가 촘촘히 박힌 아르뚜로 베렝게르 까리소모의 '스페인 문학사'. 스페인 문학이 분명 우리를 압박할 거야. 좋은 일은 아무것도 기대하지 않는 게 좋아."

완전히 풀이 죽은 목소리였다.

"담당이 누군데?"

"음…… 새로운 사람. 뭐, 신부…… 사실은 예수회 사
도래. 뭐라더라…… 호르헤 베르골리오라던가. 다른 건
몰라. 좋은 말이 들리던데, 그건 별로 중요하지 않잖아.
넌 선생님에 대해 나쁘게 말하는 사람을 원하니까……."

"그래, 새로운 선생님은 견디기 힘들어. 어디로 튈지
모르니까. 마에스트로들은 항상 상자로 포장된 채 도착
하지. 상자 안에 뭐가 들어 있는지 알아내는 건 우리 몫
이라는 뜻일 거야. 너도 어떤지 알잖아. 애들이라고……."

호르헤가 마르셀로의 말을 끊었다.

"뭐, 애들?"

"열 살, 열두 살, 기껏해야 우리보다 열다섯 살 많잖아.
그렇지 않아?"

"15년이면 내 전 생애야. 열다섯 살 위면 나보다 곱절
이나 인생을 산 셈이잖아."

"좋을 대로 생각해. 하지만 가르델이 말했지. '스무
살…… 난 아무것도 아니지'라고."

마르셀로가 흥얼거렸다.

"갈리시아 사람 발레로는 이렇게 말했다네. '아르헨티나 사람들은 탱고에 전염됐어. 탱고 환자들이야'라고."

호르헤가 장단을 맞추었다. 두 아이는 아르헨티나에 거주하는 스페인 사람들이 그런 것처럼 '갈리시아 사람'으로 변한 발렌시아 출신의 예수회원을 생각하며 웃음을 터뜨렸다. 발레로는 그해 그들 구역의 감독관이 될 사람이었다.

"이제 슬슬 들어갈 시간이네."

마르셀로가 벤치에서 몸을 일으켰다.

정문이 열리고 학생들이 건물 앞으로 모여들었다. 교장선생님이 모습을 드러내자 모두 본능적으로 넥타이를 매만졌다. 누군가는 무의미하게 바지로 구두를 닦으려고 애썼다. 교장선생님은 750명 학생들의 이름을 한 사람 한 사람 부르면서 지나갔다.

기숙사 안에서의 행동은 언제나 조심스러웠다. 엄숙한 분위기를 고집하는 것은 예수회의 낡은 관습이라고 투덜거리는 아이도 있었지만, 몸짓 하나하나에 중요한 의미가 담긴 그 엄격한 의전을 대부분의 학생들은 군말 없이 따랐다.

　새 학기가 시작될 때마다 늘 그렇듯 학생들은 기숙사에 들어가 출석 호명에 답하고 나서 기념식 참석을 위해 아란치 정원에 모일 것이다. 두 개의 큰 북과 두 개의 트럼펫 소리에 맞춰 깃발을 게양하고, 다소 지루하게 느껴지는 교장선생님의 훈시가 끝나면 미사가 거행될 것이다. 물론 다음날부터는 전혀 다를 것이고 질서정연한 행동도 평범한 리듬으로 바뀌겠지만, 그 순간만큼은 인내심을 갖고 기다릴 필요가 있었다. 그날은 새로운 출발점 위에 서는 날이었으므로.

불안과 희망

시작이란 단어에는 두 가지 느낌이 공존한다. 묘한 설렘과 막연한 두려움이 교차하는 꼭짓점 저편에는 어떤 풍경이 펼쳐져 있을까. 베르골리오는 철제 난간에 기댄 채 자신의 첫 수업 장면을 머릿속으로 그려보았다. 그는 화학 전공자인 자신에게 문학을 가르치라고 하는 것 같은, 모순적인 예수회의 메커니즘에 대해 잘 알고 있었다. 사람들이 소망하는 것과 실제로 실현될 수 있는 것 사이에는 간극이 존재한다는 것을 그는 스물일곱의 나이에 이미 체험했다. 그것은 자신의 의지와 상관없이 보이지 않는 힘에 의해 결정되는 일종의 섭리 같은 것이었다. 일본 선교사가 되고자 했던 꿈이 폐를 강타한 질환으로 인해 깨져버린 것도 그런 경험 중 하나였다. 인생이 제공하기로 결정한 이상 그것이 어떠한 경험이라 할지라도 수용할 수밖에 없고, 보다 나은 결과를 얻기 위해서는 최선을 다해야 한다. 그렇다면 차라리 문학을 가르치는 편이 나을지도 모른다고 그는 생각했다. 문학을 사랑하는 사람에게 문학이 무관심한 대상일 수 없고, 앞으로 그의 눈앞에서 책 속의 세상이 다양한 모습으로 펼쳐질 것이기 때문이었다.

무염시태 기숙학교에서는 교과과정에 관한 한 교사들에게 절대적인 권한이 주어졌다. 자신의 취향대로 다른 주제들을 도입하거나 어떤 주제는 이전 코스에서 이미 다루어졌다는 이유로 건너뛸 수도 있었다.

학생 모두가 예수회의 그런 방식을 존중하는 것은 아니었다. 공식적인 교과과정을 선호하는 아이들도 있었다. 더러는 학습감독관에게 자신의 그러한 입장을 직접 표명하기도 했다. 그때마다 돌아오는 대답은 한결같았다.

"당신은 무염시태 기숙학교 학생입니다. 이곳은 평범함을 벗어난 학교이니 평범한 교육을 원한다면 평범한 학교를 찾으십시오. 그렇다면 당신의 가치와 역량을 우리가 잘못 판단했다는 뜻일 테고 결국 당신을 도운 셈이니 우리도 기쁠 것입니다."

상황은 그것으로 종결되기 마련이었다.

시내 중심가에 위치한 무염시태 기숙학교는 국가의 통제를 받는 초등학교와 중학교에서 공부했던 이들에게는 전혀 새로운 곳이었다. 이 학교는 고대 귀족―이민자들, 정복자들, 식민지 건설업자들―의 이름을 이어받은 '누군가의 자제들'뿐만 아니라 '어느 누구의 자제들도 아닌 이들'또한 환대했기 때문에 도시 빈민층과 이주 원주민인 인디오들을 위해서도 자리를 남겨두고 있었다.

긴 낮잠 시간에 익숙한 이 도시는 여름이면 작열하는 태양이 지표면을 뜨겁게 달구어 아스팔트를 젤라틴 덩어리로 만들고, 겨울이면 안개를 머금은 습기가 도시 구석구석까지 냉기를 밀어 넣었다.

이곳이 베르골리오가 교사로서 2년이나 3년을 보내야 할 학교였다. 그는 4학년 학생들에게 스페인 문학을 가르치는 일뿐만 아니라 오래 전 문을 닫은 먼지투성이의 도서관을 재개관하는 계획에도 참여하게 되었다. 사실 이러한 일은 며칠이 아니라 몇 달이 걸려야 할 문제였다. 휴관 기간이 워낙 길었기 때문이다.

그는 눈을 들어 클라우수라의 뜰을 바라보았다. 회랑 맞은편 분수 안에서 작고 붉은 물고기들이 수로를 따라 움직이고 있었다. 그에게는 3년이라는 긴 도전이 예정되어 있었다. 하지만 그는 멈춰 있을 의향도, 적당히 안주하고 싶은 마음도 없었다. 오직 신념에 따라 행동할 뿐이었다. 그것은 그에게 주어진 소명이기도 했다.

첫 수업

수업 시작을 알리는 종소리가 울리기를 기다려 베르골리오는 복도로 나섰다. 수단 위에 두른 검은 띠가 무릎 부근에서 찰랑거렸다. 교실 입장은 이례적으로 조용한 가운데 이루어졌다. 문을 열자 학생들의 시선이 일제히 그에게로 쏠렸다. 그는 한 걸음 뒤로 물러났다가 누군가의 수줍은 인사에 목례로 답을 했다. 그리고는 성호를 긋고 수업 전 기도를 바쳤다.

"내 이름은 호르헤 베르골리오입니다. 올해부터 스페인 문학과 심리학 과목을 담당하게 되었습니다. 교과서로는 아르뚜로 베렝게르 까리소모의 책을 선택했는데, 가장 종합적인 것 같아서입니다. 하지만 이 한 권에 문학 전부가 담길 수 없는 것은 분명합니다."

그는 두꺼운 책 한 권을 보여주면서 말했다.

"문학은 이미 글로 쓴 모든 것이고 감히 말하건대 아직도 써야 할 모든 것입니다. 그것은 아마도 여러분 자신이 쓰게 될 무언가일 것입니다. 심리학에 관한 책은 아직 적합한 것을 찾지 못했습니다."

여기저기서 한숨 섞인 푸념이 새어나왔다. 학생들은 최악의 상황이야, 하는 표정으로 시선을 주고받았다.

"지금부터 출석을 부르겠습니다. 이름을 부르면 자리에서 일어서세요. 그렇게 하면 내가 여러분 이름과 얼굴을 익힐 수 있으니까요."

학생들을 일일이 호명하는 것은 지루한 일일 수도 있는데, 베르골리오의 재미있는 코멘트 덕분에 교실 전체가 화기애애한 분위기에 휩싸였다.

"너 얼굴 봤어?"

한 학생이 속삭이듯 말했다.

"뭐라고?"

"두꺼비보다 더 젊은 것 같아."

사실 학교에는 두 명의 '두꺼비'가 있었지만 누가 누군지 아무도 구별하지 못했다.

"그 두꺼비들은 늙고 처량한 얼굴을 하고 있는데 이 신부님은 소년 같아."

"그래, 정말 '아기 얼굴'이야."

아론도가 말했다.

"레몬다의 젖먹이 동생 같은?"

"응, 티 없이 해맑은 얼굴."

청소년기의 체험이 자신들의 삶에 얼마나 큰 영향을 끼치는지 미처 깨닫기도 전에 아이들은 어른이 되는 법이다. 그들 사이에서 이 별명이 얼마나 오래도록 불리게 될지 당시에는 어느 누구도 상상하지 못했다.

"아론도, 혹시 스페인 문학에 관해 덧붙일 설명이 있나요? 학급 전체와 나눌만한 무언가 말입니다."

"아……."

"'아'는 감탄사에 불과합니다. 보다 구체적으로 말해 보세요."

"아……."

"두 번째 감탄사군요."

누군가 소리 내어 웃었다.

"제 말은요 신부님, 책이 너무나 두껍고……."

"심오한 의견인 것 같네요. 계속하세요, 그렇게. 그러면 당신의 지혜가 우리를 가득 채워 줄 겁니다."

이렇게 시작된 모두의 웃음은 하나의 관행처럼 자리를 잡았다. 베르골리오와 함께일 때 문제를 일으킨 학생은 처벌을 받는 것이 아니라 놀림의 대상이 되었다. 그러나 중요한 것은 대부분의 경우 놀림의 타깃이 된 학생도 다른 모두와 함께 웃고 있었다는 사실이다.

마지막 학생의 이름까지 부르고 나서 그는 문학에 대해, 혹은 많은 사람들이 가지고 있었고 앞으로 갖게 될, 다른 이들에게 이야기하거나 글로 남길 본능적인 용기에 대하여 이야기하기 시작했다. 학교에서 시험은 불가피한 것이었으므로 그와 관련된 일련의 계획도 알려주었다.

"문학 아카데미에 들어가고 싶은 사람은 입학 청원서를 제출해야 하고 가능하면 평가용 텍스트도 첨부하세요. 이 점에 관해서는 뻬랄따 라모스 원장신부님의 결정을 기다려야 할 겁니다."

베르골리오는 학생들과의 첫 만남이 기대했던 것보다 더 희망적이라고 생각했다. 어떻게 보면 그 소년들 안에서 자기 자신을 다시 발견한 것 같기도 했다. 12년쯤 전의 그 역시 그들과 많이 다르지 않았다. 반항심은 물론 모든 것에서 의미를 찾고자 애쓰고, 자신의 소명을 발견하고자 애쓰며 살아가는 것에 열중하는 것까지도 닮은꼴이었다. 이때가 그에게는 도전의 기회로 보였고 자신의 삶과 그들의 삶의 만남이 모두에게 긍정적인 것이 되도록 최선을 다하리라 다짐했다.

거장 곤살보 데 베르세오

베르골리오는 출석부에 서명을 한 뒤 결석자의 이름을 적었다. 그리고 성호를 긋고 학생들과 함께 큰소리로 기도했다.

"오 저의 스승이신 예수님, 제게 필요한 학문을 가르쳐 주시고 무엇보다 당신을 이해하고 사랑하며 영원한 생명에 이르는 날까지 당신께 봉사하는 법을 가르쳐 주소서. 아멘."

곤살보 데 베르세오의 작품 『성모의 기적』의 첫 강독은 학생들에게 두려움 그 자체였다. 누가 그런 것을 암기할 수 있을까. 고대 스페인어뿐만 아니라 알지 못하는 언어로 바뀐 무미건조한 시구들도 문제였다.

전능하신 하느님의 친구들과 신하들,

만약 당신들이 자유로운 선택으로 내 말을 듣고자 한다면

당신들에게 행복한 사건을 이야기하고 싶다오.

마침내 당신들이 진실로 믿을 만하다고 여기게 될 그 사건을.

이 구닥다리 시는 똑같은 문체로 이어졌고, 그 음절들 안에는 어떤 학문적 열의와도 거리를 유지하는 700년의 무게감이 담겨 있었다.

학생들은 일말의 불안감과 함께 위기의식마저 느꼈다. 그것을 암기하는 것은 인간적으로 불가능하다는 판단을 내렸다. 학생들로서는 선생님의 결정을 따를 수밖에 없었다. 오직 하느님—혹은 베르골리오—의 뜻에 따라 철회가 가능한 일이었다. 여하튼 그런 까닭으로 특사가 임명되었다.

"신부님."

그 임무를 떠맡은 학생이 입을 열었다.

"베르세오의 시는 암기할 수 없습니다. 우리는 그것을 배우지 않기로 결정했습니다."

"옳은 결정을 한 것 같습니다"

베르골리오가 말했다.

"그런데 그 말은 여러분에게 그것을 외우라고 한 사람에게 해야 할 것 같군요."

"저, 제가 잘못 안 게 아니라면 신부님께서……."

"내가 보기엔 잘못 안 것 같네요. 여러분이 곤살보 데 베르세오의 시를 가지고 무엇을 해야 하는지에 대한 지침을 다시 읽어 보세요."

특사로 선발된 학생은 책상 위에 놓인 종이를 집어 들었다. 천천히 지침의 내용을 읽어 내려가던 학생의 얼굴에 당혹스러워하는 빛이 떠올랐다.

〈『성모의 기적』의 서문을 읽고 그 핵심 요소들을 밝히려 노력하면서 구조를 분석할 것.〉

거듭해서 읽어 보아도 '암기할 것'이라는 문구는 보이지 않았다. 모두가 그 구절을 읽었다고 맹세할 수 있었지만 거기엔 없었다.

베르골리오는 그 학생의 대답을 기다리지 않았다. 그런 구절이 존재하지 않는다는 것을 이미 알고 있었기 때문이다.

"나는 여러분에게 그런 것을 요구하지 않습니다. 여러

분이 친지들 앞에서 그런 류의 시를 낭송할 것으로는 생각지 않습니다. 만약 그렇게 한다면 별로 음식이 제공되지 않을 수도 있을 겁니다. 내가 원했고, 지금도 원하는 것은 여러분이 기초적인 지식을 얻고 '쿠아데르나 비아'라고 하는 시형이 어떤 것인지, 베르세오가 누구인지를 배우고 그의 작품을 아는 것입니다. 그것은 지쳐 쓰러질 정도의 작업이 아니라 모터를 달구는 정도까지만 하면 되는 일입니다. 누군가가 요구사항을 잘못 읽었다면 다른 사람들이 그것을 수정해줘야 합니다. 헌데 이번 경우는 누군가가 잘못 읽고서 이렇게 말했겠죠. '그 사제는 제 정신이 아니야. 뭘 요구했는지 봐. 우리 모두가 옳았어.' 그리고 아무도 다시 읽어 보는 수고를 하지 않은 겁니다. 그렇다고 너무 걱정할 필요는 없습니다. 실수는 미래라는 보물을 만드는 데 꼭 필요한 자양분이기도 하니까요. 시를 기억하느냐 아니냐는 그리 중요하지 않습니다. 그렇게 한다면 여러분의 전반적인 교양에 하나가 더해지는 것이고, 그렇게 하지 않더라도 여러분은 아무것도 잃지 않을 것입니다. 중요한 것은 메커니즘이 어떻게 작동하는지를 배우는 것, 즉 탐구하는 것입니다. 이것이 중요합니다. 잘

못 수행된 작업일지라도 머리보다 가슴으로 한 것이라면 나는 받아들일 것입니다. 하지만 탐구 작업이 행해지지 않은 것은 받아들일 수 없습니다."

순간 학생들은 그가 과제를 어떻게 작성해야 하는지에 관한 분명한 지침을 전해주고 있다는 것을 깨달았다. 앞으로 자신들이 나아갈 길이 결코 평탄치 않으리라는 예감과 함께.

어린아이의 얼굴을 한 사제는 학생들을 위한 명확한 목표를 가지고 있었고, 그들의 문학 선생님이기도 했다.

새로운 마에스트로는 분위기가 나쁘지 않았지만 그의 기질에는 위협적인 무언가가 있었다. '아기 얼굴'은 겉모습에 빗댄 별명에 지나지 않았다. 왜냐하면 그는 학생들에게서 '최고의 것을 이끌어내고야 말리라' 마음먹은 강건하고 끈기 있는 사람이었기 때문이다.

소란스러운 독자들과
검열 받은 책들

'엘 시드의 노래'를 배운다는 것은 근처 항구의 창고에 산더미처럼 쌓여 있는 곡물들을 낡고 오래된 기계들을 사용해 억지로 처리하는 것과 다를 바가 없었다. 설령 그 기계들이 돈키호테의 풍차라고 할지라도. 얼마나 두려워 하는가는 아무것도 아니었다. 일 년이라는 시간 동안 곤살보 데 베르세오에서 가르시아 로르까에 이르기까지 스페인 문학 전체를 아우른다는 것은 전망 좋은 계단을 오르는 감동적인 여행이 아니라면 불가능한 계획이었다. 그들은 '전능하신 하느님의 친구들과 신하들'로부터 '아가씨일 거라 생각하며 그녀를 강으로 데려온 나, 그러나 그녀에게는 남편이 있었네'까지 항해했다. 베르골리오의 아름다운 점은 닫힌 문이 존재하지 않는다는 것이었다. 스페인어라는 유물을 탐험할 때 그는 에둘러 가는 법이 없었다. 어떠한 상황에서도 자유롭게 행동했다. 연구할 것, 의심할 것, 이것이 그가 학생들에게 주문하는 요구사항이었다.

학생들은 일반인에게도 문호가 개방된 도서관에서 비교적 알려지지 않은 희귀본들에 접근할 수 있었다. 책의 제목, 저자, 출판연도의 강독이 이루어지는 동안 낡은 책들은 스스로를 지키려는 듯 수천 톤의 먼지를 뿜어냈다. 출간된 지 수백 년이 지난 책들도 부지기수였다. 그들은 19세기 전반으로 거슬러 올라가는 프란시스코 케베도 이 비예가스의 검열 받은 판본까지도 찾아냈다. 그것은 고서 수집가들이 개연성으로써 가능한 한 많이 탐구하는 작업이었다. 『c. 구멍의 행과 불행』은 독자들로 하여금 덜 세심한 판본을 찾도록 부추겼다. 왜냐하면 암시된 어휘들이 의심 없이 소개되는데 그것은 다분히 은유적인, 그래서 검열 받아 쓰여진 것 같은 느낌을 지울 수가 없었다.

도서관에 베르골리오가 등장하는 것은 일상적인 일이

었다. 그가 모습을 드러내자 학생들 중 하나인 후안 루이스 빠올리가 검열 받은 책을 겨드랑이에 끼고 물었다.

"신부님, '엉덩이'라고 말하는 게 죽을죄인가요?"

그는 유쾌하게 웃으며 빠올리에게 다가갔다. 어떤 경우에는 책 제목만 쓰여 있고, 어떤 경우에는 책 전체가 이니셜과 점들로 가득 차 있었다. 『v. 수도회의 수녀원장 살피기』처럼 편집자가 보기에는 '처녀'라는 말도 외설적이어서 금지된 어휘 목록에 넣지 않았을까, 하고 독자가 자문하는 일이 불가피한 경우도 있었다. 그의 설명이 또 한 차례 학생들의 폭소를 자아냈고, 화가 난 사서는 그들을 꾸짖었다. 그녀는 멀리 떨어져 있는 베르골리오의 모습을 미처 발견하지 못했던 것이다.

"또 한 번 소란을 피우면 모두 내쫓을 줄 알아. 베르골리오 신부님께도 말씀 드릴 거니까 알아서들 해."

그는 학생들에게 조용히 하라는 신호를 보내고는 조심스럽게 도서실을 빠져나왔다. 잠시 후 그는 아무 일 없었다는 듯이 문을 열고 들어가 사서에게 인사를 건넸다.

그녀는 볼멘 목소리로 "신부님, 학생들이 시끄럽게 떠들어요"라고 투덜거렸다.

"한참 그럴 때잖아요. 아이들이 젊잖아지도록 우리가 할 수 있는 건 별로 없어요. 어쨌거나 우리 학생들이니 우리가 참는 수밖에요. 제가 방법을 찾아볼게요."

그는 이를 드러내며 활짝 웃었다.

"혹시 저한테 권할 만한 방법이 있다면 알려주세요. 녀석들의 엄지손가락을 벽에 박아서 매달거나 대충 그런 류의 뭔가가……."

사서의 입가에도 미소가 번졌다. 그녀는 마치 이렇게 말하는 듯했다. '그 선생님에 그 학생들이네…….'

스페인 문학에 관심이 없더라도 강독과 언어적 기교에 대해선 깊이 있게 공부해야 했다. 학생들은 자신들이 여러 해 동안 반복적으로 학습해서 선명하게 기억하고 있는 로만체로에서, 혹은 마차도의 시 '카스티야의 들'에서 셀레스티나와 유배당한 시드라는 처녀와의 오래된 연결고리를 알게 되었다.

그의 수하 12명과 함께 유배 중에
시드는 말을 탔다. 철, 땀 그리고 먼지.

조건 없이 스페인 문학을 탐구하도록 허락받은 것은 어떤 의미에서 선물이었다. 그날은 자유로운 수업 분위기에 고무되어 아무 생각도 못했지만, 얼마 지나지 않아 학생들은 3개월마다 보는 시험을 통과하는 것에 대해 걱정해야 하는 신세가 되었다.

불충분한 감정들

고대 로마 제국의 점술가들이 말했듯이 순조로운 날들과 불길한 날들이 있다. 좋지 않은 일들이 연이어 발생하는 날에는 그 불행을 고스란히 감내하느니 차라리 방 안에 틀어박혀 잠이나 잘걸, 하는 생각이 간절해진다. 그들이라고 해서 그런 일들로부터 자유로울 수는 없었다. 출석 체크가 끝나고 베르골리오가 종이를 꺼내라고 말했을 때, 우발도 뻬레스 빠올리에게도 그런 일이 일어났다.

"다 준비됐나요?"

그것은 어느 누구에게도 반갑지 않은 말이었다. 갑자기 교실 안이 찬물을 끼얹은 듯 조용해졌다. 평소 때라면 선생님으로부터 질문을 받게 될지 여부를 우연에 맡기거나, 어림잡아 확률 계산을 해보거나, 그날 운세에 따라 질문 받을 그 10퍼센트에 들지 않게 해달라고 빌 수도 있었다. 하지만 필기시험은 어느 누구도 비켜 갈 수 없는 벽이었다. 그나마 다른 아이들은 책을 펴본 적도 없는 빠올리에 비하면 운이 좋은 편이었다.

시험문제는 다섯 개의 질문으로 이루어져 있었다. 빠올리는 돌파구를 찾는 간절한 심정으로 질문 내용을 한 글자 한 글자 뚫어져라 쳐다보았지만 소용없는 일이었다. 머릿속이 텅 빈 듯 아무 생각도 떠오르지 않았다. 반쯤 포기한 상태에서 그는 앞에 놓인 백지를 채워나가기 시작했다. 예전에 했던 것처럼 성과 이름 대신 왼쪽에 이니셜을 쓰고 오른 쪽에 코스와 구역을 썼다. 그리고 잠시 생각하다가 3번 문항에 답하기로 결심했다.

〈당신은 어떤 유형의 감정을 알고 있습니까?〉
—지금 이 순간 내가 느끼는 것은 왜 수업을 빼먹지 않고 출석했을까, 하는 깊은 후회다. 그리고 우리 선조들의 사과처럼 몰래 책을 들여다 보라고 나를 유혹하며 충동질하는 이상한 흔들림도 매우 유감스럽다.

어리석은 말들을 그런 식의 문투로 써내려가며 그는 종이 두 장을 빼곡히 채웠다. 그런 다음 아무렇지도 않은 듯 시험지를 제출했다. 계속해서 수업은 진행되었고, 베르골리오는 채점을 한 후 학생들에게 시험지를 돌려주었다. 빠올리의 시험지에는 빨간 동그라미 표시와 함께 다음과 같은 글이 쓰여 있었다.

우리가 이 과정을 지속하려면 우리의 상호 응답을 보여줄 수밖에 없습니다. 어쨌든 나는 당신에게 최종 점수를 주기 위해서 내가 이 글을 쓴 사람임을 나타낼 정보를 드립니다. '나는 임팔라토 됐습니다.'

서명 JMBer

아르헨티나어로 'impallato 됐다'라는 말에는 두 가지 의미가 있다. 하나는 '혼란스럽다', '피곤하게 되다', '어리둥절하다'는 뜻이고, 또 다른 하나는 '공'에 맞은 학생, 즉 0점이나 매우 낮은 점수를 받은 학생을 의미한다.

베르골리오는 시험 결과를 근거로 점수를 주긴 했지만, 학생들 입장에서 행한 그런 류의 표현을 절대 과소평가하지 않았다. 그는 권위적인 교사가 아니었다. 오히려 강의에 대한 존경심이 부족하다고 해석되지 않는 한 학생들의 유머 감각을 높이 평가했다.

번뜩이는 익살과 풍부한 표현력 덕분에 빠올리는 베르골리오에게 호평을 받았고 시간이 지나면서 그와 우정의 관계를 유지해 온 학생 그룹의 일원이 되었다. 마지막으로 심리학에서 그가 얻은 최종 점수는 9점이었다는 말을 덧붙이고 싶다.

감탄사

베르골리오와 좋은 관계를 가질 수 없는 사람도 있었다. 그것은 성격의 문제였다. 심리학 시간에 한 학생이 이렇게 질문을 시작했다.

"음…… 해야 할 게……."

베르골리오는 웃으며 그의 말을 중단시켰다. 그리고 학생들을 둘러보며 말했다.

"어느 학생이 내게 '선생님은 음…… 해야 할 게…… 라고 말하지 않고 질문을 시작하는 학생은 만나지 못할 것 같습니다'라고 말했습니다."

남은 수업 시간 동안 그는 모든 질문에 부러움을 살만한 웅변술, 감탄사의 완전한 부재, 명료한 화법, 완벽한 구문론 등 모든 종류의 타고난 지적 능력을 보여주었다. 늘 그렇듯 멋지게 이야기를 시작했지만 이내 다음과 같은 말로 중단되어 버렸다.

"죄송합니다. 신부님, 저 거의 잊어버렸는데요. 음……해야 할 게……."

베르골리오를 포함한 모두가 웃음을 터뜨렸다.

수업에 관한 학생들의 기대는 양면적이었다. 그들은 수업이 흥미롭고 때로는 재미있기까지 하다는 것을 알고 있었지만 결과는 늘 기대했던 것만큼 나타나지는 않았다. 학생들은 단순히 암기하는 공부를 신뢰할 수 없었다. 베르골리오는 반드시 이성을 사용할 것을 요구했다. 논리가 우선이었지만 언제나 그것을 넘어서기를 원했다. 모두에게 공통된, 평범하고 예측 가능한 관점을 바꾸면서 문제를 다루려고 애쓰기도 했다. 그리고 이것은 많은 학생들에게 혼란스러운 것이었다. 에드워드 드 보노가 '수평적 사고'라는 말을 고안해낼 때까지 아직 3년이나 남은 시점이었다. 그럼에도 불구하고 문제를 다루는 방식이 그것과 많이 다르지 않았다.

과거를 이상화하거나 실제로 존재한 적 없는 상황을

'발견'하는 위험을 무릅쓰고 싶지는 않지만 우리가 정말 이례적인 교육을 받았음은 인정할 필요가 있다. 미완성으로 남게 될 계획의 일부로서 이 학교는 학생들에게, 비록 엄격한 규율의 틀 안에서지만, 자유롭게 교육 받을 수 있도록 허락했다. 그것은 항상 종합적인 상호 존중의 관계로 탐구하고, 조사하고, 이견을 제시하고, 차별화될 수 있는 위계질서 안에서의 질서와 순명이라는 아이디어였다. 하지만 학생들에 대한 존중은 더 높았다. 겉보기엔 이차적인 문제 같지만 베르골리오가 깊이 생각하고 자신의 학생들에게도 늘 주목하게 했던 원칙은 서로에 대한 존중이었다.

볼레로도 아니고
텔레비전 연속극도 아니다

베르골리오는 학생들과 대화를 할 때 나름의 흥미로운 방식을 가지고 있었다. 학생들은 다양한 주제를 가지고 그와 이야기를 나누었는데, 가벼운 농담이나 운동경기에 대한 평가, 신문에 실린 뉴스로 이야기가 시작되곤했다. 그 또래 특유의 격정으로 인해 학생 하나가 갑자기 "신부님!"하고 말하면 그는 "아들아!"하고 대답했다. 이것은 간혹 그들이 빚어내는 비극에 가까운 엄숙한 분위기를 깨뜨리기 위해 필요한 형식이었다.

그는 학생들과의 대화를 통해 냉정하게 사태를 분석한 뒤 그 의미를 축소하거나 부풀리는 방법으로 위안을 주었고, 사랑이나 다정함 혹은 애착을 무익한 감상적 표현과 혼동하지 않도록 이끌었다. 호르몬 분비가 왕성한 소년들이 쾌락적인 연애감정에 휩싸이거나 곤경에 처했을 때는 그 수렁에서 헤어날 수 있도록 손을 내밀었다.

그들이 흔히 안고 있는 다양한 고민들-사랑, 성, 다정함-과 때로는 이상화되고 때로는 혼동되는 무수히 많은 주제들을 놓고 열띤 토론을 벌이기도 했다.

베르골리오의 말은 항상 마지막을 장식했고, 학생들이 다시 두 발로 땅을 딛게 만드는 그의 비범한 능력을 통해 하나 이상의 꿈을 깨뜨리는 일도 종종 있었다.

"여러분은 사랑을 볼레로나 텔레비전 연속극과 혼동하지 말아야 한다는 것을 명심해야 합니다."

시간의 흐름

베르골리오가 학생들의 커닝을 예방하기 위해 고안해
낸 전략은 교실 맨 뒤에 자리를 잡고 앉아 감독하는 것이
었다. 그런 방법으로 그는 책상 밑에 숨긴 교과서나 악명
높은 '커닝 페이퍼'를 참고하려는 어떠한 시도도 사전에
방지할 수 있었다.

교실 가운데 자리에 앉은 호세 안토니오 발리리아니는
별로 중요치 않다고 생각해서 그냥 넘어갔던 주제가 시험
에 나와 당황한 상태였다. 그 주제에 대해서는 전혀 아는
바가 없었다. 발리리아니는 선생님이 방심하는 순간을 기
다렸다가 그를 '구해줄' 교과서나 커닝 페이퍼에 의지하기
로 마음먹었다. 하지만 실행에 옮길 용기가 나지 않았다.

그가 아는 한 가지는, 아무것도 쓰지 않으면 재시험으로 끝나지만 커닝을 하다 들키면 징계 처분까지 감수해야 한다는 사실이었다. 어쨌든 진실은, 공부하지 않은 학생은 베끼는 것이 거의 의무라는 것이다. 마치 적에게 사로잡힌 병사가 가능성이 있다면 탈출을 의무로 생각하는 것처럼.

교실 뒤 벽에는 지름이 40센티미터쯤 되는 시계가 걸려 있어서 교실에 앉아 있는 사람이 시간이 얼마나 남았는지 알 수 있게 해주었다. 값싸고 품질도 적당한 전자시계가 없었던 당시에는 시간 확인을 위해 학생들이 뒤를 돌아다보는 것이 일반적인 일이었다.

답을 베끼기 위해서는 선생님이 어디에 있는지 알아야 했기 때문에 발리리아니는 시계를 보는 것처럼 고개를 뒤로 돌렸다. 순간 두 사람의 시선이 마주쳤다. 그는 이름과 코스, 구역밖에 쓴 게 없는 자신의 시험지 위로 황급히 고개를 돌리고 말았다. 여전히 백지 상태인 답안지가 보이지 않도록 고개를 숙인 채 무언가를 쓰는 척했다. 하지만 근심은 그로 인해 두려워하는 이를 배신하는 법이다. 찰나의 순간이었지만 그에게는 몇 시간 같았다. 그가 다시 몸을 돌렸을 때 베르골리오는 이미 다 알고 있다는 듯 이렇게 말했다.

"걱정 마세요, 발리리아니. 시계 바늘은 늘 같은 속도로 가고 있답니다."

그는 가벼운 목례로 수긍의 뜻을 대신했고, 백지 상태로 답안지를 제출할 수밖에 없었다.

떼이야르의 소개

60년대 중반, 예수회원들 사이에서 삐에르 떼이야르 드 샤르뎅의 작품은 쟁점이 되는 주제였다. 자주 거론되는 작품임에도 불구하고 학생들은 입에서 입으로 전해지는 이름만 들었을 뿐 그 인물에 대해 거의 알지 못했다. 학생들이 가르침을 청했을 때, 베르골리오는 그들이 이 주제에 대해 몹시 혼란스러워하고 있다는 것을 이미 파악하고 있었다. 그에 대한 개념조차 제대로 파악하지 못한 상태에서 정작 중요한 그 의미는 무시하고 있다는 사실까지. 그래서 학습감독관과 교장선생님 두 사람과 상의한 끝에 그 주제를 다루어도 좋다는 허락을 받아냈다.

어느 상쾌한 아침, 그는 교실로 들어서자마자 이렇게 말했다.

"노트를 꺼내세요."

학생들이 수업 중에 치러질 시험을 걱정하며 수군거리
자 그가 부연설명을 했다.

"오늘은 삐에르 떼이야르 드 샤르뎅에 대해 알아보도
록 하겠습니다. 필기하기 바랍니다. 그러고 나면 떼이야
르를 안다고 감히 말하지 못할 겁니다. 오늘 여러분이 뭔
가를 배우게 된다 해도 그것은 그의 작품에 관한 대략적
인 언급에 불과합니다. 자신이 무슨 말을 하는지도 모르
면서 그를 인용하는 것이 얼마나 어리석은 짓인지 여러분
은 분명히 알게 될 것입니다."

떼이야르는 어떤 식으로든 교회의 공고한 위치를 뒤
흔든 인물이었다. 오타비아니 추기경 재임 중이던 1958년
칙령으로 인해 그의 작품은 수도회 모든 도서관에서 퇴
출을 당했다.

베르골리오는 떼이야르가 생각해낸 지극히 개인주의적
이고 독창적인 혁신의 개념에 관한 자신의 견해를 학생들
에게 전달했다. 수업이 끝났을 때 대부분의 아이들은 떼
이야르에 대해 처음 알고 있던 것에서 한 걸음도 나아가
지 못했는데, 그 이유는 베르골리오의 설명이 충분치 못

해서가 아니라 학생들의 관심이 다른 각도에 치우쳐 있었기 때문이다. 떼이야르 이후 처음엔 논의가 이루어졌지만 나중엔 무시되었던 종교적 정통성과 학문적 정통성 사이의 충돌이라는 주제는 그들의 마음을 차지하지 못했다. 가톨릭 신자가 아닌 이들이 그 유명한 사제에 대해 어떻게 생각하는지조차 그들은 관심이 없었던 것이다.

그에 관해 검증된 기이한 현상이 하나 있다면, 많은 사람들에게 떼이야르라는 이름이 강한 인상을 심어주었다는 것이다. 그의 이름을 언급하는 일은 빈번했지만 그가 거의 10년 전인 1955년에 사망했다는 것과, 1958년에 그의 작품이 신앙성성으로부터 공식적인 첫 번째 부름을 받았다는 사실을 아는 사람은 드물었다.

떼이야르가 1955년 부활절에 뉴욕에서 죽었다는 것-죽기 1년 전에 부활의 날에 죽는 것이 바람이라고 스스로 예고했듯이-을 알게 된 학생들 대부분은 여전히 그가 프랑스 어딘가에서 왕성한 활동을 하고 있다고 믿었다. 마지막 바람과 죽은 날짜의 일치에 관한 이 기담은 그가 지지한 이론의 설명보다 훨씬 더 큰 인상을 학생들의 마음에 남겼음이 분명하다.

학생들 대부분은 그의 이론에 관해서는 거의 혹은 전혀 이해하지 못했지만 자주 이름이 거론되었던 탓에 모두에게 호기심을 불러일으켰고, 인지권이나 오메가 포인트의 개념을 설명할 줄은 몰라도 그때만큼은 '떼이야르파'임을 선언함에 일말의 망설임도 없었다.

떼이야르는 금지되었지만 금지되지 않았다. 이러한 이야기가 무엇을 의미하는지 아무도 정확히 알지 못했다. 그다지 눈에 띄는 문제도 아니었다. 학생들은 그에게 적절한 비중을 두지 못했고, 이해하지도 못했으며, 설득력을 느끼지도 못했다. 오직 마리오 디에스만이 떼이야르라는 인물에 대해 흥미를 가졌을 뿐이다. 그는 머릿속에 아직 명확하지 않은 무언가가 있음을 느꼈다. 그는 학교 도서관에서 떼이야르의 작품들을 읽었는데, 혁신 이론과 다른 학문적 측면에 관한 이론들은 전반적으로 너무 어려웠다. 떼이야르의 저서 중에서 그의 주목을 끈 것은 『신성계』였다. 그는 그 책을 처음부터 끝까지 게걸스럽게 읽었다. 그리고 혼란스러운 무언가를 발견했다며 친구들에게 이야기했다.

"하느님은 하늘에만 계신 게 아니라 우주 전체에 계시

고 우리 곁에, 꽃 속에, 산 속에도 계셔. 주님은 우리에게 보다 가까이 계셔."

이후 디에스는 루찌 신부의 강의를 들으러 다녔다. 그의 갑작스런 변화에 베르골리오는 이렇게 말할 정도였다.

"너는 떼이야르에게서 정말 강한 인상을 받았더구나."

디에스는 금서냐 아니냐의 문제를 뛰어넘어 그 책의 정신을 이해하는 것이 중요하다는 사실을 일깨워준 베르골리오에게 감사했다.

언젠가 그는 친구 밀리아에게 이렇게 말한 적이 있다.

"나는 책 앞에서 결코 혼자라고 느꼈던 적이 없어. 그 곳에는 언제나 가르침이, 베르골리오의 가르침이 있었어."

루이스 드 레옹 수사의 초상

어느 학교든 수업 중에 무슨 일이 일어날지 예측하려고 애쓰는 학생이 한둘쯤은 있기 마련이다. 이런 점쟁이 중 하나가 불길한 징조를 예감한 듯 "다음 시간엔 필기시험이 있겠네"라고 중얼거렸다.

베르골리오는 평소보다 조금 일찍 교실로 들어왔다. 이것은 좋은 것이 아무것도 없다는, 누군가 예고한 폭풍 전야의 신호와도 같은 것이었다. 그는 학생들의 예상을 비웃기라도 하듯 "종이를 꺼내세요"가 아니라 "어제 우리 말했었죠"라고 인사말처럼 내뱉었다. 한 음절씩 끊어서 천천히, 또박또박. 그 말은 학생들을 묘한 당혹감에 빠지게 했다. 전날은 주일이었고 수업이 없었다. 모두 그 사실을 알고 있었지만 아무도 입을 열지 않았다. '아기 얼굴'과 함께일 때 가장 현명한 선택은 침묵이라는 걸 아이들은 이미 몇 차례의 경험을 통해 체득한 상태였다.

"어제 우리 말했었죠."

그가 다시 말했다.

"루이스 드 레옹 수사가 종교재판에서 유죄 선고를 받고 5년을 감옥에서 보낸 후 다시 수업을 시작할 때 했던 말입니다."

학생들은 의아한 표정으로 그를 바라보았다.

"아마도 오늘날에는 광기처럼 보일 수도 있겠지만 그 사제는 라틴어로 된 것보다 히브리어로 된 구약 원문을 더 좋아했고, 아가를 속어로 번역했기 때문에 5년간 복역했습니다."

"그럴 수가!"

학생들은 일제히 한 목소리로 탄성을 내질렀다.

"오늘날의 관점에서 보면 터무니없는 일이 분명하지만, 수도회 사이의 시기와 논쟁 때문에, 더욱이 자신의 이름과 비슷한 희랍어 선생인 레옹 드 카스트로의 고발 때문에 종교재판이 열렸고, 그는 독방에서 끔찍한 휴가를 보내야 했습니다."

베르골리오의 이야기를 들으며 학생들은 고문으로 죽어가는 죄수들과 생쥐들이 우글거리는 시궁창과 감옥의 쇠창살을 떠올렸다. 학생들은 그가 묘사하는 장면들을 상상하며 두려움에 떨었다.

"그러한 일화들은 맥락으로부터 추정되지 않고 언제나 당시의 현실에 맞춰져야 합니다. 때때로 권력이 없는 이성이 이성이 없는 권력보다 약할 때가 있다는 것을 이해하기는 쉬울 겁니다. 루이스 수사는 결백했음에도 불구하고 소극적인 변호로 인해 5년이라는 긴 시간을 감옥에서 보내다가 마침내 사면되었습니다."

학생들은 이야기의 중심을 알고 베르골리오의 이야기에 점점 더 깊이 빠져들었다.

"그는 '어제 우리 말했었죠'라는 문장으로 수업을 재개하면서 유죄 판결도, 그런 판결을 받은 이나 받게 한 이도 그리 중요하지 않다는 것을 보여주고자 했습니다."

그는 이야기 끝에 이렇게 덧붙였다.

"오늘 수업을 빼먹은 어떤 미나리도 다음번에는 '어제 우리 말했었죠'라는 말로 수업을 시작할 권리가 있다는 것 또한 여러분은 알아야 합니다."

그가 바보, 얼간이, 멍청이의 동의어인 미나리 같은 속어를 입에 올리자 잠시 당황하는 학생도 있었지만 이내 평온을 되찾았다. 유행하는 언어적 표현을 빌려 사람을 놀라게 하는 것이 그의 방식이라는 것을 잘 알고 있었기 때문이다.

베르골리오는 루이스 드 레옹 수사가 감옥 벽에 썼다고 전해지는 시구로 수업을 마무리했다.

여기 시기와 거짓이
나를 죄인으로 만들었네.
오, 행복한
현자의 초라한 사정
이 사악한 세상으로부터 물러난
가난한 식탁과 가난한 집과 더불어
스스로를 위해 선택한 시골에서
오직 당신 자신을 아시는 하느님과 함께하며
외로이 삶은 흘러가네,
시기 받지도 시기하지도 않은 채.

"나는 여러분이 '어제 우리 말했었죠'라는 말을 들을 때면 그 말이 의미하는 것을 보다 명확히 알았으면 합니다. 좋은 하루 보내고 다음 수업을 위해 공부하세요. 시험을 치를 때마다 끔찍한 표정을 짓는 여러분을 바라보는 건 정말 괴로운 일이니까요."

루이스 수사 이야기는 아무도 무사히 빠져나갈 수 없는 시험이 기다리고 있다는 비통한 예고를 한방에 날려 버렸다.

한동안 그 구절은 학생들 사이에서 유행처럼 번져나갔다. 전혀 상관없는 문제들에 대해서도 그 말을 사용할 정도였다.

"어제 우리 말했었죠. 오늘도 시합이 있다고……."

십자가상 죽음에 관한 의학보고서

청명한 날씨였다. 지평선에는 구름조차 드리우지 않았다. 폭풍우는 지난 시간에 필기시험과 함께 지나갔고, 앞날은 평온하리라는 예감으로 충만했다. 그래서 아무도 베르골리오의 등장에 동요하지 않았다. 아이들은 다가올 성주간과 그 며칠의 휴가 동안 무엇을 할 것인가에만 골몰하고 있었다.

"우리는 그리스도교에서 가장 중요한 전례인 '그리스도 부활'을 앞두고 있습니다. 그것이 없다면 나머지는 모두 의미가 없죠. 구원이 없는 것이니까요. 하지만 부활이 있으려면 먼저 죽는 것이 필연적입니다. 나는 여러분에게 그리스도의 십자가상의 죽음이 아니라 십자가에 못 박힌

한 남자의 죽음이 어떻게 진행되었는가에 대해 보다 전반적으로 이야기할 것입니다."

사실 그 주제는 그리 유쾌한 것이 아니었지만, 그때까지만 해도 학생들은 자신들이 어떤 이야기를 접하게 될지 정확히 알지 못했다.

텍스트 강독은 학생들에게 강렬한 인상을 남겼다. 모든 것은 게세마니의 밭에서 시작되었고, 그때 예수는 피를 흘리며 기도하고 있었다. 한 걸음, 또 한 걸음, 보고서는 온갖 고통과 고뇌를 묘사했다.

그렇게 한 시간 반 동안 학생들은 한마디도 놓치지 않고 베르골리오의 이야기를 경청했다. 그들은 십자가형을 준비하기 전에 행해진 고문에서 예수의 살점을 뜯어낸 플라그룸 혹은 플라젤룸이라는 것에 대해 알게 되었다. 베르골리오는 몰약을 탄 포도주와 예수의 양손을 못 박은 교수대, 기절, 뒤이은 창으로 찌르기에 대해서도 읽어주었다. 이야기가 끝났을 때 학생들의 기분이 유쾌할 리 없었다.

"나는 십자가에 매달려 죽는다는 것이 어떤 의미인지 여러분이 깨달을 수 있도록 일종의 의학보고서인 이 글을 읽어주기로 결정했습니다. 여러분은 부드럽게 묘사된 버전을 피해 사건의 진상을 마주할 만큼 성장했습니다. 여러분 중 많은 사람이 작은 십자가를 목에 걸고 있습니다. 여러분의 어머니나 할머니, 아주머니나 여자 친구가 선물했겠죠. 여러분이 그걸 지니고 있다면 그것의 의미도 바로 아는 게 옳습니다. 십자가에 못 박힌 것은 인형이 아니라 하느님의 아들입니다. 세월이 흐르면서 예술은 이 고문도구를 연판으로 인쇄하더니 장신구로까지 변형시켰습니다. 여러분은 교수형 당한 사람의 상을 목에 걸고 다니겠습니까?"

그 질문은 오랫동안 학생들의 귓전을 맴돌았다. 한 학생이 두 손으로 자신의 목을 조르는 시늉을 하며 혀를 입 밖으로 늘어뜨렸지만 아무도 그에게 신경을 쓰지 않았다.

"그것에 대해 생각해 보세요. 1세기에 목에 십자가를 걸고 다니는 것과 많이 다르지 않을 겁니다. 현재의 눈이 아니라 당시의 눈으로 그 십자가를 보세요. 생각해 보고 판단하세요. 여러분 목에 단두대나 전선줄을 건다면? 상상하기 힘들죠, 그렇죠? 그리고 예술이 왔습니다. 이제 십자가는 미적인 모티브가 되었습니다. 재료를 바꿔 금으로 만들기도 했죠. 못 자리엔 보석을 박았고 십자가를 아름답게 장식도 했습니다. 대단히 큰 잘못입니다! 진정한 십자가가 피와 흙으로 더럽혀졌을 뿐만 아니라 십자가에 못 박힌 사람의 오줌까지 스며든 나무였다고는 더 이상 아무도 생각하지 않습니다. 오늘날 십자가는 너무나 아름답고 깨끗합니다. 어떤 경우에는 십자가를 더 깨끗이 하기 위해, 피를 흘리고 그래서 더럽고 콧물과 침으로 가득한……. 정말이지 사람들 앞에 내놓을 수 없는 그리스도의 몸마저 십자가에서 떼어내기에 이르렀습니다. 우리는 그것을 팔고 삽니다. 은이나 금으로 만들어졌고 때로는 비싼 상표까지 달려 있는 제품을.

하지만 사람들이 사고파는 그 비싼 십자가는 진짜 쓰레기이고 아무런 가치도 없습니다. 그리스도가 없는 십자가는 의미가 없는 끔찍한 사형도구일 뿐입니다. 자비도 부활도 없으니까요.

그리스도가 없는 십자가가 지닌 유일한 의미는 부활한 그리스도의 이미지에 있습니다. 구원에 의해 철저히 패배한 죽음의 상징인 거죠."

학생들은 말이 없었다. 말이라는 것이 군더더기라고
느꼈던 것은 그때가 처음이었다.

이것이 제목입니다

　　베르골리오가 손에 종이뭉치를 들고 교실로 들어왔다. 그는 교탁에 그것을 내려놓더니 칠판을 향해 돌아서서 이렇게 썼다.

　　"나는 토론의 여지없이, 아무런 의심도 없이 하느님을 믿으라고 네게 요구하지 않겠다. 이것이 제목입니다. 작성하세요."

　　학생들은 어리둥절해 하면서 서로를 바라보았다. 한 학생이 용기를 내서 물었다.

　　"저희가 뭘 써야 하나요, 신부님?"

　　"너희 머리에 떠오르는 거란다, 아들아."

　　그는 웃으며 대답했다.

"시험인가요?"

또 다른 학생이 물었다.

"모든 게 시험이지. 인생은 시험입니다."

그리고는 덧붙였다.

"내가 잠시 자리를 비우더라도 소란 피우지 말고 이 주제를 가지고 작문을 하세요. 곧 돌아오겠습니다."

"신부님, 베껴도 되나요?"

호세 삐쪼르노가 문 앞까지 따라가며 소리쳤다.

"그건 당신의 문제입니다. 인생에서 베낀 사람이 어떻게 되었는지 생각해 보고 결정하세요."

순간 모두가 백지 앞에서 돌이 되어버렸다. 한 학생이 도움의 외침을 뱉어낼 때까지는.

"우리가 뭘 하길 바라시는지 누구 아는 사람 없어?"

그 질문은 대답 없는 메아리처럼 허공으로 흩어졌다. 수줍은 펜 하나가 쓰기 시작했고 다른 펜들이 그 뒤를 따랐다. 한 줄, 한 페이지 그리고 또 한 페이지. 저마다 자신이 해야 할 일을 묵묵히 수행했다.

베르골리오는 종이 울리기 2분 전에 와서 시험지를 걷어갔다.

단지 인간일 뿐

학생들의 소란스러움을 잠재우는 가장 손쉬운 방법은 교탁 중앙에 그가 서는 것이었다. 그것으로 충분했다. 베르골리오는 고함소리도 위협도 아닌, 항상 적절한 말로 모두의 주목을 끌곤 했다. 그의 메시지는 듣는 사람에게 명확하게 전달되었다. 그것은 인생에서 책임의 중요성에 관한 것이었다. 그는 학생들에게 다른 사람의 문제점이 아니라 그 해결책에 집중하라고 가르쳤다. 그래서 기회가 있을 때마다 사랑이라는 주제를 소개했던 것이다.

베르골리오는 하느님과 그리스도와 마리아를 종교적이고 추상적인 모습으로 다루지 않았다. 왜냐하면 학생들이 그 모습을 가까이서 식별하길 원했기 때문이다. 신의 처벌이라는 위협도 아니요, 복수하는 하느님도 아닌, 용서할 준비를 하고 방탕한 자녀 하나하나를 기다리고 있는 아버지의 모습을 보여주었다. 그리스도가 인간을 위해 했던 일들을 상세하고 설득력 있게 설명함으로써 학생들은 자신들의 의무를 이해했다. 학생들은 그에게서 많은 자극을 받았다. 이미 사제 서품을 받았고 여러 해 동안 직무를 수행해 왔음에도 학생들의 마음을 움직일 수 없었던 다른 이들과 그를 구별하게 만드는 것은 이 인간적 능력이었을 것이다.

젊은 날의 그를 기억하는 사람은, 교황 프란치스코에게서 더욱 성숙한 그러나 변함없는 열정과 신념을 발견하게 된다. 유일한 차이는 현재의 차원이다.

겸손하다는 것은 목적과 야망이 없다는 의미가 아니다. '네 자신을 위대한 사람이라고 믿지 마라'는 말 역시 비슷한 맥락에서 이해할 수 있다. 여러 가지 의미가 함축된 이 말은 '너는 단지 인간일 뿐이다'라고 우리 모두에게 던지는 일반적인 경고인 것이다.

학생들은 '배움은 결코 끝나지 않는다. 그리고 너는 단지 인간일 뿐이므로 스스로를 초인이라 느껴서는 안 된다'는 그의 생각을 이해하기 위해 노력했다.

　머리로는 분명히 알고 있었지만, 자신들을 무적이요 불사의 존재, 이를테면 초인으로 여기는 사춘기 소년들에게 그것은 쉽지 않은 문제였다. 젊음의 전형적 갈망 때문에 더욱 그랬다. 자신들이 생각하는 것만큼 든든한 갑옷을 준비하지 못한 그들은 인생의 갈림길에서 방향을 잃고 허둥거릴 때면 충고를 해줄 수 있는 믿을 만한 친구로 베르골리오를 찾았다.

　많은 사람들을 혼란스럽게 한 것이 바로 이러한 극단적인 신뢰감이었다. 학생들은 자신들의 고해신부에게조차 닫아걸었던 마음의 빗장을 그에게 만큼은 스스럼없이 열어서 보여주곤 했다. 그가 그들의 눈높이 맞춰 말하고 행동했기 때문이었다. 리더들이 소유한 설명할 수 없는 화학적 방법 때문에 더욱 그를 믿고 따랐는지 모른다.

　그들을 존중하고 자유롭게 해주는 동시에 '단지 사람일 뿐'이라는 것을 몸소 보여준 그의 삶의 철학이 학생들로부터 전폭적인 지지를 획득했던 것만은 분명하다.

영혼과 정신 사이

심리학은 학생들이 매우 싫어하는 과목이었다.

"여러분은 영혼이 어디에 있다고 생각하세요?"

어느 날 아침, 베르골리오가 잠이 덜 깬 학생들에게 질문을 던졌다.

"몸 안에요."

한 학생이 거침없이 말했다.

"예, 맞습니다. 그럼 어느 부분에 있을까요?"

"어느 부분이라뇨?"

"그러니까…… 엠페도클레스, 에피쿠로스, 아리스토텔레스에 따르면 심장에 있고, 히포크라테스와 갈레노스에 따르면 뇌에 있습니다. 그런가 하면 플라톤은 간 쪽으로 기울어져 있다고 하죠. 그럼 여러분은 몸의 어느 부분에 있다고 생각하죠?"

그가 거듭해서 물었다.

"간이요, 신부님. 근데 확실한 걸까요?"

"고대 그리스인들에게 영혼과 육체는 오늘날의 우리들 생각처럼 분리되는 게 아니었습니다. 오늘날 우리 생각과는 많이 다르죠. 당시에는 인간의 영혼이 네 개의 다른 체액으로 식별되었고 간−담즙 구조에 연결된 기능이나 물질로 묘사되었습니다."

그는 칠판으로 가서 커다란 원 하나를 그렸다.

"성미가 급한 사람은 '담즙이 많은 사람'입니다. 이런 부류의 경우는 담즙 형성이 활발하다고 믿었고, 따라서 분노를 조절하는 기능이 떨어진다고 생각했죠. 독일어에서는 이런 경우를 가리켜 '담즙의 침출ihm läuft die Galle über'이라고들 합니다."

그는 괴테의 표현을 빌려 설명했다.

"그리스인들에게 상반된 성격은 '냉정함'으로, '콧물이 많음'이라고도 합니다. 이는 콧물이 해변의 메두사들과 흡사한 살아 있는 물이기 때문입니다. 그래서 '냉정함'이란 말은 사람들과의 관계 속에서 융합하고자 하는 끈적 끈적한 욕구가 우세한 것을 가리킵니다."

그때 한 학생이 쭈뼛거리며 손을 들었다.

"뭐죠? 질문이 있나요?"

"그게 아니라…… 아침에 먹은 스튜가 뱃속에서 콧물처럼 엉켜서 넘어올 것만 같아요."

다분히 장난기 섞인 목소리였다. 베르골리오는 잠시 그 학생을 노려보다가 강의를 계속했다.

"첫 시간에 이런 것들에 대해 논의할 수 있다는 건 행운이라고 말하고 싶습니다. 안 그러면 식사도 할 수 없을 테니까……. 다른 사람에게 폐가 되는 행동은 자제해줬으면 합니다. 행운도 반쯤은 냉정하니까요. 간은 제자리에 있고 그 담즙의 기능은 부족하죠."

그는 두 번째 원과 상반된 의미를 가리키는 두 개의 화살을 그린 다음 설명을 이어갔다.

"보다시피 이 두 가지 인간 유형은 정반대의 관계에 기초한 체액의 대조를 보입니다."

그는 다시 칠판 쪽으로 몸을 돌려 첫 번째 원 밑에는 '간=생명', 두 번째 원 밑에는 '담즙=활동'이라고 썼다.

언제나 그랬던 것처럼 학생들은 종이와 펜을 꺼내 칠판의 도표를 옮겨 그렸다.

"반대되는 나머지 한 쌍은 다혈질인 사람과 우울한 사람의 유형입니다."

그는 칠판에 원을 두 개 더 그렸다.

"혈관 속을 흐르는 철분으로 인해 다혈질인 사람은 격렬한 생각의 폭발을 일으킬 수 있습니다."

분필은 계속해서 칠판 긁는 소리를 냈고, 학생들은 베르골리오가 새로운 그림을 그리기 위해 그것들을 지워버리지나 않을까 조바심을 내며 부지런히 필기했다.

"끝으로 '검은 담즙'을 지닌 우울한 사람의 유형입니다. 자신의 물리적 육체에 연결되어 있는 이 유형은 모든 걸 지나치게 비극적으로 받아들이며 따라서 억압되어 있고 침울합니다."

"우나무노 같아!"

누군가 큰소리로 외쳤다. 베르골리오는 그 학생을 바라보며 말했다.

"우리는 지금 문학이 아니라 심리학을 하고 있습니다. 이럴 때는 이름을 언급하지 않는 게 더 좋습니다. 여러분은 드라마를 만들어서는 안 됩니다. 결국 그렇게 생각한 건 그리스인들이었고, 영혼이 어디 있는지는 아는 사람이 없기 때문에……."

책상과 책상 사이를 지나던 그의 시선이 구석진 자리에 앉은 길레르모 레알의 노트 위에 머물렀다. 그는 원들과 화살들, 다혈질과 냉정한 이들 사이에서 깜박 조는 바람에 간 혹은 그 비슷한 것들을 그리고 있었다.

"레알, 영혼은 몸 안 어디에 있을까?"

그는 당황한 표정으로 베르골리오를 쳐다보았다.

"내부에 있다고 말하는 것으로는 충분치 않나요?"

학생들은 일제히 웃음을 터뜨렸다. 졸고 있던 학생 하나의 도움으로 베르골리오는 교실의 분위기를 환기시킬 수 있었다.

다시 수업이 진행되었고, 칠판은 여러 가지 색깔의 분필을 이용한 원과 화살표와 그림들로 채워졌다. 오늘날 시청각 교습법이라 부를 만한 것의 시초가 되는 또 다른 수업 방식이었다.

처음에는 그림들을 하나씩 보고 베끼는 학생도 있었고, 몰아치기로 단숨에 그리는 학생도 있었다. 짧은 시간 안에 모두는 베르골리오의 리듬에 맞춰 필기하는 것이 가장 효율적인 방법이라는 깨달았다. 왜냐하면 수업시간에 낱말이나 화살표의 의미를 놓치고 딴청을 부리다가 시험에서 끔찍한 결과를 맛보는 사람이 항상 있었기 때문이다.

아카데미

　무염시대 기숙학교의 특징 중 하나는 고학년 학생들을 위해 준비된 세계인 아카데미가 있다는 점이었다. 적어도 저학년 학생들은 그렇게 생각했다.

　아카데미의 세계는 문학, 웅변, 화학, 물리학, 수학, 디자인처럼 폭넓고 다양한 학과들로 구성되어 있었다. 그곳에 들어가기 위해서는 해당 과목에서 반드시 높은 점수를 받아야 하는 것은 아니었다. 대신 자신의 소질과 관심도를 보여주는 과정을 거쳐야만 했다.

　1학년에게는 분명 새롭고 신비한 미지의 세계였다. 그들에게는 선택을 고려할 수 있는 시간적인 여유도 있었다. 그러나 3학년 말이 되면 등록을 해야 할지 말아야 할지 결정해야 했다. 의무적인 건 아니었지만 아카데미 회원이 된다는 것 자체가 학생들에겐 명예요 자부심이었다. 주목할 만한 점은 소위 문제아들조차 아카데미에 등록을 신청할 권리가 있었다는 사실이다.

문학 아카데미는 학교에서 가장 역사가 오래된 대표적인 집단이었다. 입학생들 가운데는 후에 아르헨티나와 남미 문학에 발자취를 남긴 학생들도 여럿 포함되어 있었다. 이 아카데미 역시 베르골리오에게 맡겨진 많은 임무 중 하나였다.

아카데미의 책임자는 에두아르도 뻬랄따 라모스였다. 그는 독창적 표현에도 늘 개방되어 있는 베르골리오에게서 젊은 아카데미 회원들을 이끌어갈 열정적인 협력자의 자질을 발견했다.

"전반적으로 좋은 점수를 받았더군."

베르골리오에게 새로운 아카데미 회원 명부를 건네며 그가 말했다.

"그리고 특별한 경우는요?"

"특별한 경우가 하나 있네. 밀리아라고."

"아, 밀리아……. 똑똑한 친구죠. 헌데 막연한 것을 쓰는 경향이 있어요. 치밀하게 잡아줄 필요가 있어요. 안

그러면 길을 잃을 테니까요."

"그런가. 헌데 글을 읽는 소년인 것 같더군."

"읽고 쓸 줄 알죠. 그의 신청서가 말해주듯이."

"쓸 줄 안다고? 잘 됐군. 쓸 줄 모르면 이 아카데미에 등록을 못할 테니."

라모스는 평소의 유머 감각을 살려 말을 받았다.

"그럼요, 여기서는 모두가 글을 쓰죠. 하지만 다른 점은 그가 좋아한다는 거예요. 그는 글 쓰는 걸 즐기는 것 같거든요."

다음날 아카데미에 합격한 학생 명단이 발표되었다. 언제나 그렇듯 이 경우에도 합격자와 탈락자가 있었다. 베르골리오는 밀리아의 눈에서 의혹의 느낌을 읽었다. 그는 나중에 밀리아를 한쪽으로 불러 합격한 소감을 물었다.

"엄청, 기뻐요. 이 일로 집에서 천덕꾸러기 신세인 제 상황이 놀랄 만큼 좋아질 거예요. 어머니는 많이 기뻐하실 테고, 아버지는 믿기지 않아 하실 거예요. 실감이 나지 않는 건 저 역시 마찬가지예요. 떨어진 친구들 중 몇몇은 저보다 높은 점수를 받았는데……. 적어도 낮은 점수는 아니었거든요. 정말 이해가 안 가요."

"나라면 뻬랄따 라모스 신부님께 물어볼 텐데……. 그분은 답을 아실걸."

그가 웃으며 말했다.

밀리아가 라모스와 이야기하러 가야겠다고 마음먹은 계기가 바로 이 대화였던 것은 아닐까. 그리고 오랜 시간이 지나지 않아, 길어야 하루 만에 밀리아는 도서관으로 베르골리오를 찾아갔다. 그리고는 두서없이 이야기를 늘어놓았다.

"라모스 신부님을 찾아 갔었어요. 제가 행복했던 것은 사실이지만 납득할 수가 없었거든요. 저보다 훨씬 높은 점수를 받은 다른 친구들 대신 어떻게 제가 합격하게 되었는지 이해가 안 갔어요. 그래서 왜냐고 물었죠. 그랬더니 신부님은 아란치아 뜰 난간에 기댄 채 이렇게 말씀하셨어요. '얘야, 들어보렴. 여기서는 누구나 선물 같은 건 하지 않는단다. 그러니 네가 다른 사람보다 못하다고 여기진 마라. 어쨌든 우리가 하는 일은 도박이야. 높은 점수 대신 우리가 뭔가 해줄 게 있을 것 같은 사람을 뽑은 거지. 네 경우는 행운 탓이 아니야. 네가 가진 재능 때문이 아니라 너이기 때문에 선택된 거란다. 그렇지 않다면 우리는 너를 내쫓았을 거야. 아카데미에서뿐만 아니라 학교 밖 저 멀리로.' 그리고 제 어깨를 툭 치면서 이렇게 덧붙이시더군요. '내 생각에 우리가 잘못 고른 것 같진 않구나.'"

베르골리오가 환하게 웃었다.

"집에서는 뭐라고들 하시니?"

"어머니는 행복한 미소를 지어 보이셨어요. 아버지는 무표정한 얼굴로 한참동안 저를 바라보시더니 낡은 상자 안에서 아카데미 은배지를 찾아 꺼내시더라고요. 20년대 초 아카데미 회원이었을 때 받으신 것 같아요. 아마 처음엔 너무 감동 받아서 아무 말씀 안 하셨나 봐요. 제가 해내지 못할 거라고 생각하셨을 테니까요."

"좋아, 이제 모든 게 분명해졌구나. 내 생각에 넌 자격이 있어. 라모스 신부님께서 너에 대한 생각을 확인할 때까지 계시진 않겠지만……."

"인간은 누구나 실수를 한다는 말 아시죠? 라모스 신부님조차 실수할 수가 있죠."

베르골리오는 갑작스런 일격에 웃음을 참을 수가 없었다.

그는 경쾌한 걸음걸이로 멀어져가는 밀리아를 바라보며 그들이 준비하는 아름다운 미래를 떠올렸다.

죽음의 춤

"중세 문학을 이해하고 싶다면 당시의 여인들과 남성들의 삶에 우리도 동화되려고 노력해야 합니다."

그날 수업은 그렇게 시작되었다.

"보급용 물품들을 들여보내기 위해, 몇몇 정치적 협약을 목적으로 파견된 사람들을 들여보내기 위해, 혹은 들로 일하러 가는 사람을 내보내기 위해 새벽에 문이 열리는 요새화된 도시에서의 삶을 여러분은 상상해 보아야 합니다. 주위에는 밀 타래와 호밀 타래들이 잔뜩 쌓여 있습니다. 적에게 포위당했을 경우 제일 먼저 불태워야 할 것들이죠."

이러한 어휘들을 통해 베르골리오는 학생들이 배우게

될 저자들이 활동하던 시대 배경을 소개했다. 사회 경제적 상황과 상관없는 흑사병 및 죽음의 보편성과 연관된 중세 말기의 예술 장르인 죽음의 춤에 대해서도 이야기했다. 이런 매혹적인 주제는 학생들의 주목을 끌기에 충분했다. 학생들은 당시 죽음을 상징했던 무덤 주위의 해골 발레리노들 이야기에 집중했다.

며칠 뒤, 잉그마르 베르히만의 영화 '제7의 봉인'을 관람할 거라는 공지가 있었다. 그 당시 아르헨티나에서 잉그마르 베르히만이라는 이름을 언급한다는 것은 상상하기 힘든 일이었다. 학부모들은 여인들이 나체로 등장할지도 모르는 그 스웨덴 영화를 불쌍한 '어린 것들'이 보게 될까봐 전전긍긍했다. 학생들은 당장의 가르침을 영상으로 해석한 작품의 원제 'Det sjunde inseglet'에 몰입할 것이고, 그 주인공인 안토니우스 블록은 여러 면에서 그들의 뇌리에 깊이 각인될 것이었다.

모두가 기대했던 수업은 영화보기로 단순화되었다. 더 복잡한 작업은 베르히만의 작품에 대해 세밀히 분석하라는 베르골리오의 요구였다. 주제에 관해 보다 정확한 개념을 만들어낸다는 것은 학생들에게 무척이나 까다로운 작업이었다. 하지만 전체를 분석함으로써 자칫 놓치기 쉬운 세부적인 것들까지 발견할 수 있었고 아무도 예측하지 못한 전망도 찾아냈다.

죽음처럼 무거운 주제에 관한 진지하고 장엄하며 신중한 태도는 그리 오래가지 않았다. 하루는 학생들 중 몇 명이 학교 마당에서 캉캉과 뒤섞인 댄스를 준비했다. 일명 '죽음의 춤'이었다. 감독관의 갑작스런 등장에 그 모든 소란이 한순간 중지되었다.

"너희들 대체 뭘 하고 있는 거니?"

"연습이에요, 신부님."

"무슨 연습?"

"죽음의 춤, 무시무시한 춤이요. 문학 수업 때문에……베르골리오 신부님이……."

"혹시 너희들 죽을 생각인 거니?"

"아뇨, 베르골리오 신부님이 오시면 분명히 우리를 죽이시겠지만……."

학생들은 일제히 웃음을 터뜨렸다.

연극의 세계

　공연가이자 서사시 낭송가이며 시인인 마누엘 데 모조스의 등장은 학생들 사이에서 커다란 화젯거리였다. 모조스는 히브리 유랑배우 같은 인생을 사는 배우들 중 하나였다. 그는 자신의 예술을 자유롭게 표현할 곳을 찾아 스페인 내란 후 이주하였고, 그러는 가운데 자신의 뿌리를 잃어버린 사람이었다. 보통은 극단에 소속되어 국내 여러 도시를 떠돌아다니면서 공연하지만, 솔로로 피아노 연주자나 기타 연주자와 함께 연기하기도 했다.

　그 시기에는 수많은 극단들이 부에노스아이레스에 왔고, 히스패닉 공동체가 밀집한 도시들에서 공연이 이루어졌다. 부에노스아이레스를 비롯해 로사리오, 코르도바,

산타페, 멘도사, 투쿠만 등이 주 활동무대였지만, 여타 도시에서도 출연 요청이 쇄도했다. 이 모든 행선지는 모조스에게 익숙한 곳들이었다. 그는 대중의 기억 속에서 점차 멀어지고 있는 랩소디의 부활을 꿈꾸면서 아르헨티나 전역을 돌아다녔다. 세심한 언어, 완벽한 발음, 타고난 스페인적 재치는 어김없이 관중의 갈채를 이끌어냈다. 모조스는 조명이 꺼지고 스포트라이트가 무대 한가운데 홀로 서 있는 자신의 모습을 오려내듯 비추는 순간 관객에게 전달되는 감동이 극대화된다는 것을 누구보다 잘 아는 배우였다. 그는 몇 초 동안-영원처럼 느껴지는-침묵하고 있다가 갑자기 우렁찬 목소리로 시구들을 토해냈다. 관객들은 환호하면서 서사시 낭송가요, 영원한 방랑시인이라는 찬사를 아끼지 않았다.

그 무렵 학교에서는, 예수회 성녀 데레사 문학 아카데미 회원이었던 우루과이의 시인 후안 조릴라 데 산 마르틴에게 헌정할 프로그램을 준비 중이었다. 그는 16세기 말 우루과이 카스티야 사람들과 카루아 사람들 사이의 잔혹한 전쟁을 배경으로 인디오인 타바레와 스패니쉬인 블랑카 사이의 순정한 사랑을 노래한 '타바레'의 작가로 명성을 떨쳤다. 스페인어 문학의 꽃들 중 하나인 그 작품을 무대에 올리기로 했는데, 여기서 난관에 부딪히고 말았다. 학생들이 전부 남자이다 보니 여자 등장인물을 연기할 배우가 없었던 것이다.

각색을 맡은 모조스는 두세 명의 학생에게 여장을 시키는 것 외에 다른 해결책을 찾지 못했다. 이 점에 대해 베르골리오는 반대 입장을 분명히 했다. 아무리 연기라고 해도 여장을 하고 교우들 앞에 서게 하는 것은 당사자에게 굴욕감을 안겨주는 일일뿐만 아니라 결과적으로 여성의 이미지까지 훼손시키는 행위라는 것이었다. 생각해 보면 교회와 사회에서 여성의 역할에 대해 지금 그가 보여주고 있는 입장과 일치하는 것이라고 할 수 있다.

학교 내의 모든 활동은 학생들의 인격 형성을 목표로 하고 있었다. 그들을 혼란스럽게 할 위험을 무릅쓸 필요는 없었다. 결국 학교 역사상 처음으로 연극 아카데미 공연에 여자들을 기용하기로 결정이 났고, 배우들의 어머니와 누이들의 도움으로 공연은 성공리에 끝났다.

학생들이 한 시간 남짓한 공연을 위해 도움을 요청했을 때 베르골리오는, 공연의 가치는 완성도에 따라 평가

되겠지만 그들에게 정말 중요하고 인격 형성에 도움이 되는 것은 미장센이라고 설명했다. 공연은 스텝과 배우들이 기여한 시간의 결과물이다. 흠 없는 공연을 무대에 올릴 수 있다면 가장 큰 상은 관중의 갈채가 아니라 그들이 얻은 가르침인 것이다. 주인공이든 소품 담당이든 조명 담당이든 그게 무슨 상관인가. 중요한 것은 역할이 아니다. 각자 자신이 맡은 일에 최선을 다했다고 확신할 수 있다면 그것으로 족한 것이다.

연극은 다른 사람의 노력에 흠을 내지 않고 해내야 할 공동작업이었다. 의사, 교사, 사제로서의 미래를 위해 학생들은 공동작업을 통해 책임을 공유하고 있으며, 수고와 신뢰를 필요로 하는 것임을 이해해야 했다. 어느 누구도 이 공연을 통해 유명배우가 되기를 바라지는 않았다. 학교 내에서의 다른 모든 활동과 마찬가지로 연극 또한 인격 형성의 역할을 하고 있을 뿐이었다.

베르골리오는 모든 것을 분명히 설명해 주었지만, 언젠가 중요한 역할을 맡게 될 것이고 어쩌면 그 역할이 자신을 유명하게 만들어 주지 않을까 꿈꾸는 것까지 막을 수는 없는 법이다. 그의 학생들 중 하나는 연극과 관련된 일을 계속했고, 현재 거주하고 있는 워싱턴에서 여러 작품을 무대에 올려 성공을 거두었다. 페데리코 가르시아 로르까의 유작 '대중'을 무대에 올린 것 외에도 수많은 작품을 쓰고 연출하고 연기한 세레노 오스카르 그라씨가 바로 그 주인공이다.

학교 공연에서 그라씨는 실감나는 연기를 선보였다. 깡마르고 구부정한 그의 모습에서 관객들은 묘한 연민을 느꼈고, 눈까지 내려온 긴 앞머리는 시선을 이용해 연기할 수 있게 해주었다. 피란델로의 대표적인 작품 중 하나인 '작가를 찾는 여섯 등장인물'이라는 작품에서였다. 그라씨는 창작의 고통에서 벗어나 자기만의 삶을 살기 위해 노력하는 아버지를 연기하면서 자신의 재능을 유감없이 발휘했다. 여자 주인공은 그라씨 친구의 누이인 아나 마리아 디에스가 맡았다. 그녀는 그때까지 연기를 해본 적이 없었지만, '여자 배역은 여자가'라는 베르골리오의 신념을 완성시켜 주었다.

두 개의 무한대

이유는 잘 모르겠지만 베르골리오가 철학과 또 다른 과목을 담당한 적이 있었다. 매우 장황한 서언 이후 그가 말했다.

"무한 더하기 무한은 계산할 수 없습니다."

그리고 칠판에 다음과 같이 적었다.

$$\infty + \infty = \curvearrowleft \cdot$$

뒤쪽 줄에서 누군가 손을 번쩍 들며 소리쳤다.

"제가 할 수 있습니다."

휴고 로드리게스 사뉴도였다.

"허락하신다면 칠판에 써서 보여드리겠습니다."

베르골리오는 그가 가까이 다가와 목례를 할 만큼 진지하고 정중하게 구는 것을 보았고, 학생들이 너무 진지할 때면 저지르는 실수들 중 하나를 범하여 웃음거리가 되리라는 것을 예감하고 있었다.

"쟤 뭐 잘못 먹은 거 아냐?"

몇몇 아이들이 수군거렸다. 사뉴도는 당당하게 칠판 앞으로 걸어가 분필을 집어 들고는 이렇게 썼다.

$$\infty + \infty = 응$$

가장 먼저 웃음을 터뜨린 것은 베르골리오였다. 학급 전체가 그를 따라 웃었다. 의심할 여지없이 사뉴도에겐 커다란 행운이었던 셈이다.

용모의 문제

연말이 가까워지고 있었다. 학교에서 준비한 여행 날짜는 확정되어 있었고, 재시험을 보는 학생들을 위한 특별시험 기간도 정해졌다. 오스카르 라시오피는 영어와 심리학 과목 시험을 다시 치러야만 했다.

장소는 화학관이었다. 그곳에는 재시험을 치르는 학생들과 나이 든 신부 한 명, 또 다른 두 명의 신부가 시험에 참관하고 있었다. 그 중 나이 든 신부와 또 한 명의 신부는 처음 보는 얼굴로, 학교 소속이 아니라 단지 방문 중인-종종 있는 일이다-사람들이었다.

라시오피는 심리학의 일반적 비전인 '철학'을 주제로 골랐다. 그는 철학의 역사와 목적, 방법론, 문제점 등 교과목의 일반적인 지식들을 구술하기 시작했다. 유럽 여행을 앞두고 들뜬 마음에 시험 준비를 제대로 하지 못한 그는 수업 중에 들었음직한 내용들을 생각나는 대로 두서없이 늘어놓았다. 그러다 보니 중간중간 말문이 막혔다. 나중에는 아무 생각도 떠오르지 않았고, 극도로 혼란스러워졌다. 다음 해에 교단에 서게 될 호르헤 곤잘레스 마넨트와 함께 시험 감독을 하고 있던 베르골리오는 곤경에 처한 그를 구해주고자 평이한 주제를 골라 질문을 던졌다. 그러나 그는 아리스토텔레스, 성 토마스, 데카르트, 소크라테스의 사상을 그들의 영향력 있는 이론들에 기초해서가 아니라 자신의 상상력에 의존함으로써 상황은 훨씬 더 나빠졌다.

가진 것이 바닥나자 라시오피는 아르헨티나의 현대철학자 두 사람, 리시에리 프론디지와 이스마엘 킬레스를 언급했다. 첫 번째 철학자는 나중에 대통령이 된 형제 아르투로처럼 파소 대 로스 리브로스에서 태어났다는 것을 알았지만, 이스마엘 킬레스에 대해서는 예수회원이라는 것밖에 기억나는 것이 없었다. 그가 멍한 표정을 짓고 있자 건너편에 앉은 감독관이 그에게 그들의 사상에 대해 물었다. 라시오피는 무성영화의 한 장면을 연출하고 싶지 않아서 말도 안 되는 이론들을 연이어 쏟아냈다. 결국 그의 상상력은 위태롭게 흔들리다가 평가를 기다리며 침묵하기에 이르렀다. 베르골리오가 나이 든 사제를 향해 몸을 돌리며 물었다.

"이 학생이 방금 들려준 이론들이 그 철학자의 이론과 같은 것으로 인정할 수 있을까요, 킬레스 신부님?"

이 세상에 그 어떤 이름도 그보다 더 강한 인상을 남기진 못할 것이다. 철학자 이스마엘 킬레스 본인이 거기 있었다는 게, 그의 구술시험을 들도록 초대받았다는 게 어떻게 가능했을까? 운명의 장난이었다. '나이 든' 그 사제는 모든 철학자들이 가지고 있는 포커페이스 가면을 쓰고 눈물이 날 정도로 웃었을 거라고 라시오피는 생각했다. 그는 예의 바른 어린이처럼 자리에서 일어나 물러가도 되는지 물었고 즉시 허락을 얻었다.

밖으로 나온 그는 그 자리를 떠나지 않고 방문 중인 신부님들이 나오기를 기다렸다. 그는 킬레스 신부에게 다가가 용서를 구하고 자신이 뻔뻔하게 굴 수밖에 없었던 이유를 이해해 달라고 부탁했다. 그 철학자는 입가에 미소를 지으며 말했다.

"여행 잘 하세요. 그리고 돌아와서는 다음 시험을 준비하세요, 제발."

베르골리오는 라시오피의 그런 행동을 높이 평가했다.

풍자화가의 풍자만화

유럽 여행을 신청한 학생들 중에는 마르셀로 델가도 로드리게스도 포함되어 있었다. 그는 문학 과목의 재시험을 치러야만 했다. 마르셀로는 그림을 그리면서, 아니 인생을 풍자만화로 변형시키면서 살고 있었다. 어느 누구도 그의 날카롭고 예리한 펜으로부터 자유로울 수 없었지만, 그 역시 문학 시험에서 구제받지 못하기는 마찬가지였다.

운 좋게, 정말 운 좋게 그의 순서에 잘 아는 주제가 나와서 마르셀로는 베르골리오를 포함한 세 명의 감독관 앞에서 한껏 교양을 과시하고 있었다.

감독관들의 흡족해하는 표정을 보면서 시험에 합격했

다고 안도의 한숨을 내쉬려는 순간 베르골리오가 갑자기 주제에서 벗어난 질문을 던졌다. 마르셀로는 어떻게 대답해야 할지 몰라 초조했다. 그는 영원처럼 느껴지는 그 시간동안 침묵했고, 그러는 사이 베르골리오는 쪽지 위에 뭔가를 적었다.

"고맙습니다, 마르셀로 군. 평안히 가세요."

그가 자리에서 일어나 막 떠나려는데 베르골리오가 가까이 오라고 손짓하는 것이 보였다. 그는 마르셀로에게 메모가 적힌 쪽지를 건넸다.

그 쪽지에는 겁에 질린 마르셀로의 얼굴이 그려져 있었다. 밑에는 한 줄의 문장이 사족처럼 붙어 있었다.

'내가 호세 마누엘 에스트라다가 누구냐고 물었을 때 마르셀로의 얼굴.'

마르셀로는 호세 마누엘 에스트라다가 아르헨티나의 교육자요 가톨릭 교회의 빛나는 본보기이며, 읽기와 쓰기만 가르친 것이 아니라 신앙의 산 증인이기도 했다는 것을 결코 잊지 않았다. 그들의 밴드에 많은 도움을 주었고, 많이 믿어 주면서도 학생들이 각자의 의무를 완수하게끔 했던 베르골리오의 장난을 절대 잊을 수 없었다.

무염시태 아이들

1964년은 활기로 가득찬 한 해였다. 마지막 한 장 남은 달력을 넘길 때처럼, 아쉬운 마무리의 순간이 다가오고 있었다. 기말 성적 평가와 필기시험 사이에 베르골리오는 자신이 맡고 있는 학생들에 대해 깊이 생각했다. 그들은 평범한 아이들이 아니었다. 아니, 적어도 다른 데서 흔히 볼 수 없는 특성들을 가지고 있었다. 처음에 그가 교만이라 해석했던 것이 사실은 순수하고 단순한 확신이었음을 나중에야 깨달았다. 그들은 '결코 죽지 않는 사랑의 학교'에 다닌다는 자부심을 갖고 있었고, 그 점에 관한 한 이론의 여지가 없었으며, 그런 것들은 지극히 자연스럽게 받아들여졌다. 그들은 논쟁을 좋아하고, 변하기 쉬우며,

야망을 지니고 있었다. 규율을 받아들이는 만큼 지키지는 못했지만 어떤 경우든 한없이 너그러울 수 있었다. 그들의 사고에 한계나 틀은 존재하지 않았고, 그래서 더욱 매력적이었다.

정말 신기한 것은 그들이 어디를 가든 이렇게 말한다는 것이었다.

"우리는 무염시태 기숙학교에서 왔어요."

그들은 청소년답게 충동적으로 고귀한 혈통의 오래된 학교임을 언급하려 하지만, 정작 멀리 있는 어머니를 대신하여 그들의 어린 심장에 주의를 기울이는 분, 도움을 청할 곳이 전혀 없을 때 의탁하게 되는 성모님, 무염시태이신 분에 대해서는 알지 못했다. 어쩌면 그런 사실을 받아들이거나 인정하고 싶지 않은 사춘기 소년다운 표현이었을지도 모른다. 학교는 그들이 외로울 때 의지할 수 있는 요새가 되어 주어야 한다고 베르골리오는 생각했다.

'무염시태 기숙학교 아이들을 만난 건 우연이 아니야. 그분이 내게 그 아이들을 보내신 거야.'

제2부

1965년

"진리는 자유로 향하는
유일한 길이다."

최종 학년의 시작

학생들이 마요 광장으로 모여들었다. 매년 똑같은 의식이 반복되었고, 학생들은 교문이 열리기를 기다렸다.

1년 전과 같은 벤치에서 마르셀로는 팔다리를 쭉 뻗으며 테라스 너머 펼쳐진 하늘을 바라보았다.

"1년 뒤에도 똑같은 자리구나. 다른 점이 있다면 올해는 네가 먼저 도착했다는 거고."

호르헤가 그의 곁에 앉으며 말했다.

"멋지잖아! 그나저나 학교에서 너를 쫓아내려고 했다는 게 사실이야?"

"맞아, 퇴학 직전까지 갔었다고."

"또 일곱 과목 재시험을 본 거야?"

"아니, 이번에는 아홉 과목이야."

"믿을 수가 없네."

"정말 그런 일이 있었다니까."

"진급은 했어?"

"응, 전 과목 다. 그래도 나를 쫓아내려고 했어. 속죄양이 될 뻔했다고. 평가회의에서 갈리시아 사람 발레로가 나를 구해줬대. 그 회의에 선생님들이 다 참석하잖아. 그 중 한 사람이 나에 대해 아주 나쁘게 말한 것 같아."

"누가?"

"모르지. 하지만 내가 '아주 나쁘게'라고 하면 정말 나쁜 거야. 좌우지간 그 갈리시아 사람은 엄청 화를 냈대. 한바탕 소동이 있었나봐. 먼지를 일으킬 정도로 큰소리가 났다는 걸 보면……."

"넌 어떻게 그런 걸 알게 됐어?"

"베르골리오가 나한테 살짝 힌트를 줬어. 이름은 알려주지 않았고……. 발레로가 나를 변호해 줬다는 얘기를 들었을 때 얼마나 감동적이었는지 몰라."

"그래서 그는 어떻게 됐어?"

"발렌시아로 갔어. 떠나기 전에 만났지. 내가 퇴학 위기에 처해 있다고 말해준 게 그였거든. 나를 변호해 준 것에 대해 고맙다고 했더니 무슨 말을 하는지 모르겠네, 하는 표정을 지으며 시치미를 뚝 떼더라고. 그런 쓸데없는 소리 할 시간 있으면 자기 구역에 있는 성모상이나 잘 돌보라고 하기에, 차라리 성모님께 나를 돌봐달라고 부탁하는 게 나을 거라고 응수했지. 그랬더니 '네 말이 맞다. 내가 너를 잘못 보지 않았다는 걸 너도 알겠지?' 하면서 웃더군. 내가 학교에서 쫓겨났으면 어떻게 됐을까?"

"진실은 두 사람 다 미쳤다는 거지. 올해는 어떨 것 같아?"

"더 이상 나를 내쫓을 수는 없겠지……. 6학년은 없으니까."

"너 정말 제 정신이 아니구나."

"가자, 문 열린다."

마르셀로와 호르헤는 길을 건너 학교로 들어갔다. 교장선생님이 두 아이를 반갑게 맞았다.

"둘 다 말쑥한 외모에 반듯하고 멋져 보이는구나. 이 학교 학생답게."

"어머니 덕분입니다, 신부님."

마르셀로가 대꾸했다.

"조만간 개인적인 공로가 되길 바라겠네. 충분히 성장했다고 말하고 싶으니까. 이제 다 컸구나."

교장선생님이 입구에 있는 다른 학생들에게 시선을 돌리는 사이 두 아이는 그 자리를 벗어났다.

"교장선생님이 말하고 싶은 건 말이지, 두 바보가 나타났다는 거야."

두 아이는 함께 웃었다. 1965년 3월의 아침은 그렇게 시작되었다.

샤우터스와 음악

바야흐로 비틀즈의 시대였다.

존 레논, 폴 매카트니, 조지 해리슨, 링고 스타는 60년대 대중음악계를 대표하는 문화의 아이콘이었다. 그들의 음악은 전 세계 젊은이들의 영혼을 잠식했다. 그 리버풀 출신 장발족들을 흉내 내는 경쟁자들이 우후죽순처럼 생겨났다. 유행은 열병처럼 번지는 법이다. 무염시태 학생들이라고 해서 예외는 아니었다. 마르셀로 델가도와 호르헤 트리아이도 그들 중 하나였다.

마르셀로와 호르헤는 자신들이 무엇을 원하는지, 무엇이 심장을 뜨겁게 고동치게 하는지 알지 못했다. 하지만 얼마 지나지 않아 그 열정의 정체를 분명히 깨닫게 되었다. 자신들도 비틀즈 같은 그룹을 결성하고 싶어 한다는 것을.

무염시태 기숙학교에서 음악은 매우 진지한 주제였다. 엄숙하기만 한 종교 행사들이 그 단적인 증거였다. 클래식한 창법, 장엄한 오르간 연주, 각각의 음색이 정교하게 맞물려 어우러지는 화음, 이런 것들이 이제까지의 굳건한 전통이었다. 정기적으로 열리는 공연 역시 오케스트라 연주나 합창, 실내악 연주회 등이 주류를 이루었다.

방언과 민속학도 당시 학교 안팎에 수많은 애호가들이 있었기 때문에 홀대를 받지는 않았다. 하지만 대중음악, 특히 비틀즈의 경우는 사정이 달랐다. 대부분의 신부들은 '그따위 잡스러운 건' 음악이 아니라고 치부했다. 아니, 굳게 믿고 있었다.

사정이 그렇다 보니 그들의 꿈은 이루어지기 힘든 몽상에 불과했다. 현실적인 제약도 한두 가지가 아니었다. 우선 악기가 부족했다. 드럼은 고사하고 전자기타도 없었다. 그들이 가진 것이라곤 어쿠스틱 기타가 전부였으며, 밴드의 멤버도 결정되지 않은 상태였다. 심지어 악보도 없었다. 둘이서 4인조를 하기는 불가능했다. 연습할 장소

또한 마땅찮았다. 부모님이야 어떻게 설득한다 해도 동네 사람들을 일일이 찾아다니며 허락을 받을 수는 없는 노릇이었다. 문제는 점점 더 늘어만 갔다. 어떤 해결책, 그렇게 말하기보다는 차라리 희망이라고 할 만한 것이 보이지 않았다. 그들의 구상은 조금씩 형태를 잡아갔지만 필요한 것에 비해 부족한 것이 너무 많았다. 그들은 일단 베르골리오에게 도움을 청하기로 의견을 모았다.

그와의 면담을 통해 몇 가지 문제들이 해결되었다. 월요일마다 연습할 수 있는 교실과 앰프 사용을 허락받았으며, 악보 문제는 기숙학생인 마틴 머피가 음반을 듣고 'Yesterday', 'Eight days a week' 등의 노래 가사를 받아 적는 수고를 맡아줌으로써 해결되었다. 머피가 없었다면 록 음악에 대한 이해가 아직 성숙하지 못한 시대에 이해할 수 없는 말로, 더 나쁘게는 카스티야 말로 노래해야 할 뻔했다.

어느 정도 윤곽이 드러나자 베르골리오는 적극적인 지원을 아끼지 않았다. 그의 한결같은 점은 학생들이 도움을 요청했을 때 결코 거절하지 않고 그들을 지지해 준다는 것이었다. 그의 제안이라면 맹목적으로 신뢰했던 학습감독관 루이스 토테라 역시 숨은 공로자 중 한 명이었다.

어느 늦은 저녁, 그들은 비틀즈의 초기 음반 중 하나를 들려주려고 베르골리오를 만나러 갔다. 그는 어깨까지 내려오는 긴 머리카락을 가리키며 "아가씨들은 누구세요"라고 놀려댔다. 짧은 머리가 교복의 일부였던 시대에 머리를 기른다는 것은 비키니 수영복의 등장만큼이나 쇼킹한 일이었다.

베르골리오와 학교 입장에서 샤우터스라고 이름 지은 이 불순한 그룹에 대한 지원은 단순히 연습할 공간을 제공했다는 차원을 넘어, 먼 훗날 그들의 삶에 영향을 미칠지도 모를 프로젝트를 지원해 준 것이라고 할 수 있다.

솔직히 말해 그들은 썩 운이 좋은 편은 아니었다. 첫 번째 공연 때는 확성기가 말썽을 부렸고, 두 번째 공연에서는 앰프와 확성기가 연주 도중 바닥에 쓰러졌다. 그래도 베르골리오는 낙담하지 않고 계속 그들을 지지해 주었다. 페페 시빌스, 우발도 뻬레스, 마르셀로 델가도와 호르헤 트리아이는 샤우터스, 일명 '외치는 사람들'의 선택된 산물이자 마지막 모습이었다.

비틀즈는 1962년에 첫 음반을 녹음했다. 몇 년 뒤, 산타페 출신인 그들의 추종자들이 만 이천 킬로미터 이상 떨어진 곳에서 그 음악들을 재현해 보인 것이다. 각각의 멤버들이 록 음악에 빠져 있다는 건 다 아는 사실이었지만, 밴드로 뭉친 그들이 아란치아 정원에서 연주하고 노래하는 모습을 본다는 것은 감동적이고 흥분되는 일이었다. 왜냐하면 샤우터스는 무염시태 학생들 자신의 음악사의 일부가 되는 것이기 때문이었다. 그들은 자신의 친구가 세계적인 패션을 갖춘 가수로 변모하는 현장에 참석한 것에 자부심을 느꼈다.

늘 그렇듯 베르골리오의 주도로 샤우터스가 흑인 영가를 부르는 또 다른 공연이 준비되었다. 밴드로서는 파격적인 퍼포먼스였지만, 열광적인 분위기에 도취한 학생들은 다함께 노래를 부르며 공연에 몰입했다.

'여호수아는 예리고 전투를 했네, 예리고, 예리고…… 그리고 성벽은 무너져 내렸네.'

샤우터스는 고등학교의 끝을 가리키는 그 마지막 여름보다 오래 살아남지 못했다. 밴드 멤버들은 대학 진학을 위해 다양한 목적지로 떠날 것이었다. 학교가 끝남과 동시에 그들은 자신들의 개인적인 빅뱅에 휩쓸렸다. 제일 먼저 떠난 것은 호르헤 트리아이로, 그는 코르도바로 공부하러 갔고 나머지 친구들은 부에노스아이레스를 선택했다. 그들은 알고 있었다. 자신의 꿈이나 환상 저 너머에서 저마다 밴드의 해체에 기여하게 되리라는 것을. 부에노스아이레스에서 새로운 그룹을 조직함으로써 밴드가 더 오래 살아남게 하려고 애써봤지만 예고된 마지막을 연기할 뿐이었다.

이렇게 말하면 이상하게 들리겠지만, 그 밴드의 역사적 멤버들 중 하나인 호세 헤르난 시빌스는 베르골리오가 집전하는 첫 번째 미사 때 그 사제가 보호해 주고 탄생하도록 도와주었던 그룹 대표로 참석해 오르간을 연주했다. 장소는 플로레스 항구 도시 지역의 교회였다.

시간이 흐른 뒤, 비틀즈의 노래를 들으면서 그 사제는 분명 샤우터스를 떠올렸을 것이다. 그는 하나의 그룹이 탄생하여 대중 앞에서 연주하는 순간까지 성장을 돕는 매니저로 활동했기에…….

문학과 멋진 두 다리

부에노스아이레스를 여행할 때 베르골리오는 무염시 태 기숙학교로 가게 될 또 다른 마에스트로 호르헤 곤잘 레스 마넨트를 만났다. 그는 베르골리오가 5학년 아르헨 티나 문학을 담당하는 동안 4학년 학생들에게 스페인 문 학을 가르칠 사람이었다.

그런 인연으로 두 사람은 부에노스아이레스의 라디오 나씨오날에서 문학 프로그램을 담당하고 있던 여류작가 마리아 에스더 바스케스와 접촉하게 되었다. 학생들을 대상으로 하는 강연을 위해 그녀를 산타페로 초대하기 위함이었다. 호르헤 루이스 보르헤스의 제자이자 비서로 활동했던 바스케스는 고등학교 최고학년의 첫 번째 초청

강사였다.

베르골리오는 학생들에게 여러 해 전부터 공부해 온 작가 호르헤 루이스 보르헤스에 대해 이야기해 줄 여강사가 올 거라는 사실을 알렸다. 그러나 그 소식은 학생들을 열광케 하지는 못했다. 작가의 비서였다는 그녀의 이력은 학생들로 하여금 지적이고 세련된 이미지보다 나이 많고 수다스러운 아줌마를 떠올리게 했기 때문이다. 어쩌면 '못 생기고 우스꽝스런 노파'를 연상했는지도 모른다. 우아함은 프로그램에서 나타나는 게 아니었다. 보르헤스의 비서라는 게 많은 희망을 주지도 않았다. 학생들은 '조지' —거의 친밀한 벗처럼 보르헤스를 그렇게 불렀다—를 알지 못했고, 그들 머릿속에는 북구의 신전에서 끄집어낸 신화적인 것과 똑같은 정신이 들어 있었음에 틀림없다. 하지만 그들은 크게 잘못 생각했던 것이다. 왜냐하면 문인들은 보이는 것보다 훨씬 더 재미있는 사람들이기 때문이다. 항상 그렇듯이 자신들의 선입견 때문에 그들은 그녀가 눈도 침침한 자기 스승에 대해 무시무시한 기계처럼 이야기할 거라 믿었다. 이미 오래 전부터 학생들은 그의 작품을 공부하고 있었기 때문에 그녀가 하는 일이라곤 작가에 대한 소개 정도가 고작일 거라고 생각했다.

에버네스('에버네스의 신화'라는 판타지 소설의 주인공)는 보르헤스라는 미궁에 들어가기 위한 열쇠였지만, 사춘기의 발칙한 상상력은 절제와 한계를 수시로 넘나들었다. 누군가는 시구에 록 음악을 덧입히는 작업을 시도했고, 언어유희를 통해 의미 자체를 뒤바꾸는 아이도 있었다.

"하느님은 메탈로 찌꺼기도 구하신다."

"찌꺼기도 구하신다면 우리에겐 아직 희망이 있다!"

하지만 아무도, 정말로 아무도 그녀가 얼마나 훌륭한 여비서인지 상상하지 못했다. 알다시피 눈 먼 이에게는 무엇이든 팔 수 있으니까!

마리아 에스더에게서 받은 학생들의 첫인상은 그녀가 매우 귀엽다는 것이었다. 무염시태 기숙학교가 남학생뿐인 학교였다는 것을 기억해야 할 것이다. 그들은 미리 만들어 두었던 북구 마녀의 이미지를 한순간에 지워버렸다. 요즘 같으면 따라잡을 수 없는 28세의 '노처녀'라고 할지 몰라도 당시 학생들은 그녀를 '숙성된 포도주'로 높이 평가했던 것이다. 그렇게 그들 모두는 젊은 그녀와 그 저명한 작가에 대한 생각을 바꾸었다.

바스케스는 베르골리오가 예상했던 것처럼 보르헤스와 그의 작품에 대해 이야기했다. 그녀는 '눌레리에를 짜 넣는 예술의 대칭적 완고함'에 열중하지 않았더라면 수학에 바쳐졌을 수도 있었을 보르헤스의 삶의 자취를 따라가면서 작가와 작품에 대한 한없는 칭송과 상세한 전기적 사실들로 강의 내용을 풍성하게 했다.

학생들이 감히 할 수 없는 질문은 이것이었다.

"헌데 이 여자, 그 늙은이에게 반쯤 빠져 있는 거 아닐까?"

사춘기 특유의 속물 근성은 꼬치꼬치 캐묻는 기자처럼 가설과 이야기들을 적당히 섞어 묘사하는 일을 그만둘 수 없었다.

그들 모두는 나이든 거장을 "브라보, 조지!"라며 축하했고 호르헤 루이스는 그렇게 해서 소년들의 우상이 되었다. 사실 사춘기 소년들의 그칠 줄 모르는 야유가 그 이상의 뭔가를 지속적으로 의심하는 한 한 사람을 향한 단순한 애정을 나타내 보이기란 쉽지 않은 법이다.

그 강의를 집중해서 들은 사람은 보르헤스 문학에 접근하는 강독의 열쇠와 뜻밖의 지름길을 발견할 수 있었다. 그녀의 강의는 사춘기 소년들에게 입구를 들어서는 침침한 불빛이 아니었다. 자신의 학문적 수준을 학생들과 대화하는 수준으로 맞춰주었기 때문이다.

베르골리오는 부에노스아이레스 출신의 작가에게 의지할 기회를 놓치고 싶지 않았고, 그런 까닭에 훌리오 고메즈 산체스의 집에서 학생들 가운데 선발된 그룹이 함께하는 문학의 밤을 준비했다. 훌리오는 한 살 어린 매우 총명한 학생으로 나중에 훌륭한 시인이 된다.

학생들은 마리아 에스더 바스케스의 말하는 방식에, 특히 보르헤스를 이태리어나 불어나 영어로 말하듯 '볼쉐스'라 발음하면서 조심스럽게 반복적으로 거명하는 방식에 매료되었다.

하지만 학생들을 몰입하게 만든 것은 단언컨대 무히카 리네스나 말레아나 보르헤스에 관한 그녀의 폭넓은 지식이 아니라 이목구비가 뚜렷한 그녀의 용모와 늘씬한 두 다리의 아름다움이었다.

친애하는 마리아 에스더 바스케스를 우리가 기억하는 것은 단지 그녀의 작품이나 말 때문만이 아니라 다른 힘 때문이기도 하다는 것이다. 보편적인 사춘기 소년들에게 그것은 불변의 진리이기도 하다.

여러 해가 지난 후 그녀에게 묻고 싶다. 자신이 쓴 작품 때문에 기억되고 싶은지, 아니면 학생들 중 하나가 묘사했던 '매끈하고 모델 같은 한없이 긴 두 다리' 때문에 기억되고 싶은지……. 그것은 소년들의 가슴 속에 오래 남게 될 추억이었다.

하지만 보르헤스가 말한 것처럼 '존재하지 않는 단 한 가지는 망각이다.'

정의의 사람들

많은 이유 때문에 알베르 카뮈는 가톨릭 학교에 적합한 작가가 아니었다. 공산주의자, 무정부주의자, 실존주의자 등 더할 나위 없이 가혹한 평판이 그의 이미지를 형성하는 단어들이었다. 어떻게 그가 교실에 왔는지, 혹은 누가 그를 데리고 왔는지 정확히 아는 사람은 아무도 없었다. 하지만 누군가는 그를 흥미로운 사람으로 평가했다. 그의 소설 『페스트』는 많은 이들에게 진정한 페스트로 인정받았다. 학생들에게 어울리는 경쾌한 리듬을 갖추지 못한 그 작품을 단칼에 '벽돌'로 정의해버린 아이도 있었지만 연극은 달랐다. 『칼리굴라』와 『정의의 사람들』은 학생들을 매료시키는 힘을 지니고 있었다.

그들은 『정의의 사람들』을 가지고 뭔가를 해보기로 결정했다. 그렇게 해서 베르골리오의 연출로 새로운 작품이 무대에 오르게 되었다. 언제나 그랬던 것처럼 학생들은 모든 것을 웃으며 받아들였지만, 연습은 항상 최대한 진지하게 행해졌다. 학생들의 관심을 끈 것은 무엇보다도 작품 전체에 감도는 비밀스런 분위기였다. 그들은 그 무정부주의자들이 혁명당원들인지 아니면 단순한 암살자들인지 자문하곤 했다. 그에 관한 조사가 이루어지지는 않았지만 그들 대다수는 후자일 거라고 확신하고 있었다. 이 작품에서도 베르골리오는 여성의 출연을 적극 지지했다. 처음과 마지막 부분에 등장하는 도라의 목소리를 한 학생의 여자 친구에게 맡긴 것이다. 칼리아예프 역을 맡아 공작을 살해해야 하는 호세 헤르난 시빌스는 다음 대사로 공연을 끝맺었다.

"그를 죽일 것이다. 기쁘게!"

연극에 출연하는 학생들은 악동 기질을 발휘해 "그를 죽일 것이다. 기쁘게!"를 습관처럼 읊조리곤 했다.

무대에 오른 배우들은 혼신의 힘을 다해 연기했고, 관객들로부터 열렬한 환호를 받았다. 배우들에게는 개인적

영광인 5분의 시간이 더 흥미로웠지만, 베르골리오는 단하루의 공연이 아니라 무대에 올리기까지의 과정 전체가 중요하다는 것을 강조했다. 그리고 이전 작품들처럼 이번 것도 지나갔다. 선생님들이 공지사항을 전할 때마다 학생들이 외쳐대던 "그를 죽일 것이다. 기쁘게!"는 더 오래 갔다. 어느 날, 화학 선생님이 수업 중에 시험을 치를 거라는 소식을 전하자 그 유명한 카뮈의 칼리아예프가 소리쳤다.

"그를 죽일 것이다. 기쁘게!"

화학 선생님은 즉각적으로 응수에 나섰다.

"안 될 것 없단다, 아들아. 하지만 시험이 먼저야!"

호세 헤르난 시빌스는 이 시험에서 믿기지 않을 만큼 좋은 점수를 받았다.

연극 작품

성 이냐시오 축일이 가까워지던 즈음, 베르골리오는 학생들과 함께 무대에 올릴 작품 선정에 골몰하고 있었다. 그렇다, 작품을 무대에 올리는 것이다. 그런데 뭘 올리지? 찾아야 했다. 마침내 무대는 프롬프터가 읊어대는 대사로 가득 찼고 조명도 늦지 않게 준비되었다. 문제는 후안 마르살 신부가 쓴 성 이냐시오의 삶에 관한 작품이었다. 장르의 선택에 관한 한 예수회 고위층은 만족스러워했지만, 당시 운문으로 된 작품은 고고학의 한 조각처럼 보였다. 어떻게 학생들을 텍스트에 적응시킬 것이며, 어떻게 그들이 자연스럽게 연기하게 만들 수 있을 것인가? 베르골리오는 일찌감치 한 그룹의 학생들을 선발하여 그들에게 일을 맡겼다. 질문은 이랬다. 연기하기를 원치 않는 사람은? 성과 이름만으로는 충분치 않고 확고한 이유가 필요했다. 솔직히, 정말로 연기하지 않을 이유가 있었다면 그 이유를 제일 먼저 이해할 사람은 늘 그였다. 작품을 읽고, 장소를 구하고, 무대장치를 구상하고……. 그는 세부적인 것 하나도 소홀히 하고 싶지 않았다. 작품의 두세 장면 정도는 전문가들의 공연도 부럽지 않을 정도였다. 학생들 사이에서는 한껏 고조된 분위가가 가득했고 베르골리오는 모든 것을 분명히 하기로 결심했다.

"여러분이 이 일에 참여하게 되면 최선을 다해야 합니다. 평가는 여러분에게만 주어지는 것이 아니라 나에게도 주어집니다."

출연자들은 성 이냐시오의 삶에 관한 연습을 계속했고, 그의 삶에 애틋한 정까지 느끼기 시작했다. 무대 의상을 입고 수염을 붙이거나 그린 출연자들은 학교 대강당에 마련된 막 뒤에서 대기하고 있었다.

베르골리오가 마지막 지침을 전달하고 있는 사이 무대에서는 수도회 창설자를 축하하는 장엄미사에 이어 기념식 1부가 진행되고 있었다. 저마다 자기 대사를 외우고 있었고, 전문배우들처럼 모두 함께 "우라질!"하고 외쳤다. 마침내 기다리던 순간이 왔고 공연이 시작되었다.

병을 앓고 난 로욜라의 이냐시오는 성인들의 삶에 대한 책들을 읽었고, 조금 뒤 수사 하나를 불렀다, 뒤에서 준비하고 있던 수사가 무대로 들어왔다. 세트는 최소한도로 준비했고 성모상만 보에 싸서 가구 위에 두었다. 이냐시오 역을 맡은 로헬리오 피르테르는 고해신부인 미구엘 두란도의 부축을 받아 다리를 절며 성상에 다가가 초하나를 켰다. 바로 그때 촛불은 시나리오를 바꾸기로 결정한 듯 갑자기 옆으로 쓰러졌고, 그 불은 식탁보로 옮겨 붙었다.

이때부터 즉흥연기가 시작되었다. 수사는 수도복 자락을 펄럭이며 불을 끄기 위해 안간힘을 썼다. 로욜라의 이냐시오는 전투 중 포탄에 맞아 부상당하기 전보다 훨씬 민첩한 몸놀림으로 움직였다. 관객들은 작품보다 불꽃을 보며 더 즐거워했다.

세트의 나머지 부분은 무사했고 공연은 다시 시작되었다. 이냐시오가 군인의 영광을 버리고 다른 삶을 선택하는 장면이었다. 피르테르는 막 개종한 포병대장의 술친구요 언쟁을 좋아하는 장교 아레귀 역을 맡은 호르헤 밀리아와 상처가 회복되고 있는 자신의 미래에 대해 토론을 했다. 베르골리오는 모든 배역을 각자의 체격에 맞춰 선정했다고 했지만 아무도 그 해명을 인정하지는 않았다.

세 번째 장면에서 아레귀는 완전히 회복된 이냐시오를 향해 몸을 돌렸다.

"전투로 돌아가라, 훌륭한 기사로!"

친구를 잃고 싶지 않은 그가 소리쳤다. 이냐시오는 차분한 어조로 대답했다.

"나는 무기를 버리지 않네. 가당치 않아! 무기를 바꾸는 거라네. 검 대신 적을 죽이지 않는 십자가로. 오히려 그에게 생명을 주는……."

작품 전체의 의미가 이 문장에 담겨 있었다.

"나는 무기를 버리지 않네."

영원한 싸움을 하고 있는 군대로서의 신앙관과 일치하는 문장이었다. 예수회 멤버들은 하느님 편에 서서 싸울 때 확실한 영광이 주어지기 때문이다. 전투의 결과와 상관없이 앞만 보고 진군하는 병사들처럼.

작품은 성공을 거두었다. 결국 예수회원들의 학교에서

는 다른 결말이 나올 수 없었다. 아니면 다를 수도? 성공은 주의 깊고 질서 정연하게 수행된 작업의 산물이었다.

클라우수라의 분수 앞에서 사진을 찍으며 배우들은 모두 행복해했다. 병사들은 서로를 죽이지 않으려 애쓰면서 정원에서 검을 맞부딪치고 있었다. 한껏 들뜬 그들은 베르골리오와 함께하는 축하파티를 계획하고 있었다. 그러나 그의 모습이 보이지 않았다. 뒤늦게 학생들이 베르골리오를 찾았을 때 그는 가방을 꾸리고 있었다. 누이들 중 하나가 많이 아프다는 소식을 듣고 부에노스아이레스로 급히 떠나야 했던 것이다.

예정되었던 축하파티는 거기서 멈추고 말았다. 배우들에게 그가 없는 파티는 의미가 없었기 때문이다.

라로께에서 온 아가씨

마리아 에스더 바스케스 이후 또 한 명의 여류작가가 베르골리오의 학생들에게 강의를 하러 왔다. 마리아 에스더 데 미구엘의 등장은 또 한 번의 기회였다. 바스케스와 미구엘 같은 두 명의 여류작가를 초대했다는 것은 학교가 변화하기 시작했다는 기분 좋은 징후였다. 그것은 교육적인 차원에서 변화가 이루어지고 있다는 확실한 징표이기도 했다.

산타페에 도착하기 전, 미구엘은 『솔리스를 먹은 우리』를 출간했다. 전통적인 역사소설이라는 장르에 자신만의 스타일을 실어낸 이 작품으로 그녀는 성숙한 작가로서의 면모를 충분히 보여주었다.

라로께에서 태어난 그녀는 이야기꾼의 소질을 갖고 있었다. 학생들에게 특히 깊은 인상을 남긴 것은 아마도 그녀의 인간적인 열기, 굳이 형식적인 태도 뒤로 숨을 필요 없는 아주머니라는 점이었을 것이다. 그녀 역시 자신을 새로운 친구로 여기는 학생들과의 천진한 만남을 누릴 수 있어 마냥 행복한 표정이었다.

그녀는 한 학생으로부터 낡은 포드 자동차를 타고 시내로 드라이브 가자는 초대를 받았다. 그것은 진지한 태도가 아니라고 생각하는 사람의 위선에 도전하는 것이기도 했다. 그녀는 차를 타고 드라이브하는 것을 엄청나게 좋아했다. 여대생처럼, 라로께에서 온 아가씨처럼, 행동에 올바른 가치를 부여할 줄 아는 인간처럼. 아마도 그녀의 머릿속에는 고등학교 최고학년에 다니면서 지금의 학생들처럼 스스로를 죽지 않을 존재로 느꼈던 때가 떠올랐을 것이다. 학생들은 그들의 더 큰 친구에 대한 희미한 기억을 영원히 간직할 것이다.

짝꿍 '조지'

오늘날은 모두가 보르헤스에 대해 이야기한다. 사실 오늘날뿐만 아니라 여러 해 전부터 그래왔다. 1965년도에 어느 정도 교양이 있는 사람이라면 분명히 그의 이름이 언급되는 것을 들었고, 인문학계에 알려진 그의 명성을 알았다. 더 많이 교육받은 사람은 '라 나씨온' 지에서 그의 시 몇 편을 읽거나 그의 책을 접할 수 있었을 것이다. 하지만 그의 작품을 더 깊이 있게 이해하는 사람은 얼마 되지 않았다. 오늘날에 비해 아직은 보르헤스가 매스컴에서 많이 다루어지지 않고 있었기 때문이다.

학생들에게는 『슈퍼 히어로들과 무덤들』의 진보적인 베스트셀러 작가 에르네스토 사바토가 훨씬 더 폭넓은 지지를 얻고 있었다. 그것은 문학적인 완성도의 차원이 아니라 단지 유행의 문제였다. 유복한 중산층 청소년들에게는 산토스 루가레스라는 작가의 책 제목 정도가 알려져 있었다. 그들은 꽤 교양 있는 느낌으로 편하게 이렇게 말하곤 했다.

"터널이라는 책에서 사바토가 말하는 것처럼 마리아를 만났을 때……."

그리고는 작가의 의도와는 전혀 상관없는 내용들을 덧붙였다. 그렇다면 사람들은 정말 문학에 관심이 있었을까? 그 점에 대해서는 아무도 확신할 수 없을 것이다. 아마도 지금보다 더 많은 책을 읽었을 것이고, 문고판은 담배보다 값이 쌌으며, 많은 사람들이 겨드랑이에 책 한 권은 끼고 여행을 다녔다. 컴퓨터도 스마트폰도 없고 지금보다 덜 빠른, 책을 읽는 것이 신지식에 통달하기 위한 방법이었던, 지금과는 다른 사회였다. 언제나 그렇듯 책을 읽는다는 것은 사회적 가치를 지니고 한정된 계층에 접근할 수 있는 문을 대표하는 것이었다.

사람들은 운동을 하면서 시간을 죽이지는 않았다. 지성은 그 사람의 매력을 나타내는 것이기 때문이다. 운동선수들, 특히 축구 선수들은 오늘날처럼 낙원에서 살지 않았고 보통 초등교육—대략 지금 같은—보다 좀 더 높은 정도의 교육을 받았는데, 당시 무지한 사람은 존중을 받지 못했다.

사춘기 소년들에게 상상하는 것이 쉬운 것처럼 문학은 기쁨을 줄 수 있다. 그렇다. 하지만 여자들은 다른 문제였다. 그들의 주목을 끈 것은 문학이 아니라 아르헨티나 말로 미나스였다. 늘 설명할 수 없는 나라에 사는 그 젊은이들에게 미국과 유럽은 로망의 대상이었다. 그 시대에 외국에서 들어온 유행은 매우 정확한 의미를 지녔었다. 예를 들어 북아메리카의 영화는 사람들에게 인기가 많았지만 유럽 영화에 비해 유치했다. 똑같은 충돌이 컬러와 흑백 사이에서도 일어났다. 이탈리아 영화와 프랑스 영화가 1위 자리를 놓고 다투었다. 학생들은 이탈리아의 네오리얼리즘에서 프랑스의 누벨바그에 이르기까지 잡다한 표면적 지식만 갖고 있었다. 어떤 토론에서든 안토니오니, 트루포, 펠리니, 샤브롤 그리고 많은 다른 사람들의 이름이 뒤섞일 수 있었다. 음악은 속속 영화의 뒤를 따랐고 동일한 법칙을 지녔다. 산레모 가요제 같은 행사에는 많은 청중이 모여들었고, 유럽의 작곡가와 연주자들은 전

세계 순회공연을 하다가 아르헨티나에 도착했을 때 자신들이 그렇게 알려져 있는 것에 깜짝 놀라곤 했다.

보르헤스와 사바토 사이의 시합을 다시 살펴보자. 그것을 진짜 시합으로 오해할 필요는 없다. 그것은 단지 학생들이 바라던 것 이상으로 빠져 있던 시대적 무대에 올려진 것일 뿐이다. 사바토의 공헌을 부인할 사람은 없지만 보르헤스와 비교할 수는 없다. 왜냐하면 그들은 서로 다른 두 지평에 있기 때문이다. 그 이유는 문학 저 너머에 있는 태도에서 찾아야 한다. 보르헤스가 역설과 풍자와 블랙 유머를 가지고 놀기를 좋아한다 할지라도 결국 지속적인 낙담과 니힐리즘, 전적인 기쁨의 부재를 지닌 사바토보다 더 낙천적인 면모를 보였기 때문이다.

사람들이 생각하는 것보다는 덜 질서정연한 학교라는 세계에서는 얘기치 않은 놀라운 일들이 종종 일어난다. 어느 날, 학생들은 또 다른 호르헤, 정확히 말하자면 호르헤 루이스 보르헤스—친구들에게 '조지'인—가 방문할 거라는 사실을 알게 되었다.

베르골리오는 평상시의 어조로 이 소식을 알렸다.

"여류작가 바스케스와 미구엘에 이어 여러분이 작품

을 통해 이미 알고 있는 호르헤 루이스 보르헤스도 조만간 우리를 만나러 올 거라는 소식을 여러분에게 전하게 되어 기쁩니다. 보르헤스는 가우초 문학에 관한 강연을 할 것입니다. 여러 작가에 대한 그의 견해를 안다는 것은 흥미로울 것입니다. 나는 여러분이 우리를 만나러 오는 인물을 알고, 그런 방문이 혜택임을 알 거라 생각합니다. 또한 여러분에게 주어지는 이 기회를 잘 활용하기 바랍니다. 전반적인 주제나 각각의 저자들에 관한 질문을 준비하는 게 좋을 겁니다. 보르헤스가 '무염시태 기숙학교 학생들은 매우 똑똑하군. 얼마나 훌륭한 질문들이야!'라고 평가할 거라는 생각은 하지 마세요. 어떤 주제에 대해 그가 어떻게 생각하는지를 아는 것이 중요합니다. 그의 의견이 주제에 관한 종결어로 여겨져서는 안 됩니다. 하지만 그것이 권위 있는 평가라는 것은 분명합니다."

사춘기의 게으름

"보르헤스가 온대요."

호르헤 밀리아가 말했다.

"보르헤스가 산타페에?"

밀리아 아버지는 믿지 못하겠다는 표정을 지어 보였다.

"네, 학교에요. 가우초 문학에 관한 강연이 있는 것 같아요."

밀리아는 거의 매주 있는 일인 양 가볍게 대꾸했다.

그는 신문을 내려놓으며 아들의 눈을 바라보았다.

"강연? 정말 그 호르헤 루이스 보르헤스를 말하는 거니?"

"그렇다니까요. 사람들이 '조지'라고 부르는 그 사람이

오. '라 나씨온' 지에 글을 쓰는."

밀리아는 확신에 찬 어조로 말했다.

"베르골리오 신부님이 돈 보르헤스라고 분명히 말했어요. 흥미로운 사람이라고. 글 잘 쓰는……."

밀리아 아버지는 아들이 최고의 작가를 경솔하게 평가하는 것 같아 내심 걱정스러웠다.

"바람둥이들과 매춘부들에 대한 믿기지 않는 이야기를 썼지. 내가 정말 좋아하는 구절이 있단다. 주인공이 말했지. '아주 점잖게 유곽에 오곤 했다.' 상상이 되니?"

밀리아는 보르헤스 소설의 등장인물 같은 포즈를 취했다.

"그래 너희는 어떻게 생각하니?"

그는 결코 많지 않을 멋진 답변들 중 하나를 듣기 바라며 다시 물었다.

"우리는…… 우리가 호르헤 루이스라면 그라시엘라를 더 좋아할 텐데."

"누구라고?"

밀리아 아버지가 당황해서 물었다.

"그라시엘라 보르헤스요."

밀리아는 대수롭지 않게 대꾸했다.

그라시엘라 보르헤스는 유명세를 타기 시작한 젊고 아름다운 여배우였다. 하지만 그 대답은 밀리아의 아버지를 혼란에 빠뜨리는, 맥락을 벗어난 말도 안 되는 것이었다. 사춘기 소년들의 심리를 이해한다는 것은 정말 불가능한 일이었다.

"그 여자가 보르헤스의 그 어떤 문장보다 더 좋은 문장을 너희들에게 줄 수 있을까?"

그는 솔직하게 물었다.

"아뇨. 그녀에겐 아무것도 바라지 않아요. 그녀가 말하길 바라는 사람도 없고요. 우리는 목이 드러나는 옷을 입고 있는 그녀를 바라보는 게 좋을 뿐이에요."

밀리아 아버지는 고개를 저으며 생각했다. 자기 아들 같은 학생들 때문에 베르골리오 신부의 노력이 실패로 돌아갔다고. 그는 사춘기 소년들과 그들의 고독한 악습에 관한 낡은 미신을 암시하면서 말했다.

"계속 그런 식으로 해라. 그러면 두 눈이 먼 채 손바닥에 털이 나서 죽게 될 거다."

비록 글을 잘 쓴다고 인정받았다 할지라도, 뻬랄따 라

모스 신부의 말처럼 "아드님의 그 건방짐이 글을 잘 쓸 뿐만 아니라 그것을 즐기기까지 한다"고 해도, 그는 아들이 성녀 데레사 문학 아카데미에 어떻게 합격할 수 있었는지 도무지 이해할 수가 없었다.

보르헤스라 불리는 남자

보르헤스가 산타페에 도착했다. 도선장을 뒤덮은 두 줄의 대형버스들 중 하나로 부에노스아이레스로부터 도착한 것이다. 비행기가 아니었다!

베르골리오는 학생들 중 하나인 구스타보 리쏘 빠트론과 함께 우체국 앞 멘도사 길에 있는 버스터미널로 보르헤스를 마중 나갔다. 그를 태우고 여기저기 다니게 될 푸조 403은 빠트론의 아버지에게서 빌린 것이었다.

부에노스아이레스에서 시작된 여섯 시간의 버스 여행은 그를 녹초로 만들 수도 있었다. 대부분의 사람들은 보르헤스가 당연히 비행기를 타고 올 줄로 알았다. 그보다 나이 많은 노인들도 버스를 이용하긴 하지만, 적어도 노벨상 후보로 예견되는 사람에게 적합한 교통수단은 아니라고 생각했다. 여기서 자연스러운 의문 하나가 떠오른다. 베르골리오는 비행기가 아니라 버스를 선택하도록 어떻게 그를 설득했을까. 인색해서가 아니라 기금이 부족해서였음은 누구나 아는 사실이지만.

또 다른 관점에서 본다면 그 여행이 보르헤스에게는 일종의 보험이었다고 생각할 수도 있을 것이다. 아무도 없이 혼자서 여섯 시간. 그는 어머니에게는 뭐라고 말했을까? 거의 앞을 보지 못하는 그가 여행을 떠난다고 했을 때 그의 어머니는 어떤 심정이었을까? 그의 곁에 앉아서 그를 못 알아볼 사람이 있을까? 의문점을 모두 열거하자면 책의 전체 페이지를 다 할애할 수도 있을 것이다. 그에게 기억할 만한 모험이었으리라는 것만은 분명하다. 그의 보수가 얼마였는지는 모르지만 비행기 티켓이 포함되지 않은 것은 이상한 일이다.

보르헤스가 얻은 것은 스스로에 대한 존경이었다. 국내 여러 도시를 혼자 여행한다는 것은 일종의 도전이었음에 틀림없다. 어쩌면 그는 자신의 버스가 '끼로가 장군이 객차에서 죽어갈 때 탔던 열차'라고 꿈꿨을지도 모른다.

중간키에 사시인 그 남자에게서 어떤 매력을 찾기란 쉽지 않은 일이었다. 그는 먼 마법의 세계를 바라보는 듯했고, 머리는 반쯤 벗겨진 채 숨을 쉬듯 조용히 말했으며 입에 슬쩍 걸린 듯한 미소는 상대방에게 기분 좋은, 거의 유쾌한 느낌을 주었다. 하지만 그에겐 외모를 뛰어넘는 무언가가 있었다. 수천 명이 넘는 사람들 속에서도 한눈에 그를 알아볼 수 있게 하는 이미지와 나무 지팡이 손잡이 위에 겹쳐져 있는 두 손이었다. 공허한 눈길로 지평선 너머를 응시하며 지팡이를 움켜쥔 채 도로 끝에서 쉬고 있는 상상 속의 순례자 같은 사람.

그는 말을 시작하는 것 외에 다른 것은 아무것도 하지 않았다. 그리고 풍자에 익숙한 엷은 미소는 보르헤스의 세계 전체를 열어 보였다. 그는 글을 쓰듯 말을 했다. 몸짓과 웃음 하나하나가 구두점을 찍는 표시로 해석될 수 있을 것이고, 필기는 대화체 언어의 문법적 실수 없이 한 페이지를 꽉 채울 수 있을 것 같았다.

그는 감칠맛 나는 어휘를 구사하며 조곤조곤 말했다. 더욱 흥미로운 것은 그의 말하는 방식이었다. 보르헤스는 자신만의 마법을 이용해 관중들을 그가 제시하는 비현실적인 분위기에 깊이 젖어들게 만들었다. 그들은 그가 자신들을 또 다른 세계로 데려갔다는 것을 전혀 눈치 채지 못했다.

그가 산타페에 도착했다는 소식은 빠르게 퍼져나갔다. 보르헤스가 어떤 이유로 베르골리오의 초대를 수락했는지 아무도 알지 못했고, 그래서 많은 사람들은 끝까지 반신반의했다. 여기서 문제가 시작되었다. 고등학교 학생들을 위해 가우초 문학에 대해 강의해 달라고 그에게 청한다는 것은 베를린 필하모니에게 아이들 재롱잔치에서 '생일 축하합니다'의 연주를 부탁하는 것과 다를 바가 없었다. 분명히 다른 동기가 있었을 것이다.

예수회원들은 보르헤스에게 다가서려고 하는 사람들의 접근을 철저히 차단했다. 마치 그가 매우 정확한 한 가지 목적에만 종사해야 하는 것처럼 철통같은 방어태세를 취했다. 따라서 사람들은 그를 만날 수도, 그 기회를 이용할 수도 없었다. 누구보다 화가 난 사람은 가톨릭대학교 문학과의 여자 학장이었다. '수호의 벽'들은 대학의 항의에 무관심했다. 제너럴 로페스 거리에서부터 시작된

항의는 대주교좌에까지 이르렀다. 상황이 걷잡을 수 없는 지경에 이르렀음을 확인한 파쏠리니 추기경은 예수회원들에게 도움을 요청했다. 교장선생님과의 통화로 갈등은 마무리되었다. 대학 관계자들은 보르헤스의 강의에 참석해도 좋다는 허락을 얻어냈지만, 대신 두 가지 조건을 받아들여야 했다. 첫 번째로 입장료를 지불해야 했고, 두 번째로 무염시태 학생들에게만 배정된 첫째 줄에는 앉을 수 없었던 것이다. 이런 결정으로 많은 사람들이 불쾌한 감정을 느꼈을지는 모르지만, 학생들 입장에서는 인문학부에 등록한 많은 여대생들을 보게 되었다는 점에서 만족스러운 결과였다.

보르헤스와 베르골리오를 구분하는 가장 큰 경계는 거의 40년이라는 나이차였다. 한 사람은 66세였고, 다른 한 사람은 28세였다. 보르헤스는 세계적인 명사였고, 베르골리오는 두 그룹의 고등학생들에게 문학과 심리학을 가르치는 예수회 소속의 신출내기 교사에 불과했다.

보르헤스의 제자이자 비서였던 마리아 에스더 바스케스의 인연이 그 거장에게 닿을 수 있도록 해준 열쇠였다. 예수회 소속이란 것도 큰 플러스 요인으로 작용했음이 분명하다. 명성이 자자한 대학의 무수한 교수들도 그러한 혜택을 얻기 위해 온갖 시도를 했을 것이다. 적어도 보르헤스는 교수의 초대가 아니라 예수회원의 초대를 받아들인 것이다. 아마도 그는 불가지론과 신앙의 형언할 수 없는 만남의 가능성 때문에 베르골리오의 제안을 수락했을 것이다.

보르헤스는 젊은 대담자의 논리와 매력을 피하지 않았다. 그리고 고등학생들에게 가우초 문학 강의를 해 달라는 제의—다른 때 같았으면 순전히 미친 소리로 치부했겠지만—는 짜릿한 모험에로의 초대처럼 들렸다.

이런 기회가 주어진다면 다른 교사들도 마찬가지였겠지만, 베르골리오가 그 순간 학생들에게 했던 약속은 어리석은 것이 아니었다. 그리고 그의 약속은 즉흥적으로 구상된 것이 아니라 시간을 들여 준비한 결과물이었다. 그와 함께 공부한 학생들은 오래 전부터 보르헤스와 그의 이야기들, 그리고 그의 시들을 평가해 왔다. 'Everness'에서 '장미빛 집의 남자'에 이르기까지 저마다 혹은 그룹마다 그의 천재적인 작품 속을 헤집고 다녔다. 많은 경우 역사와 신화가 끊임없이 만나고 배신하는, 운율이 맞춰진 그의 11음절 시에서 멈추곤 했다. 몇몇 학생들은 기계적으로 읽었지만, 그보다 더 많은 학생들은 평범을 벗어난 그의 작품을 발견하면서 기쁘게 읽었다.

아마도 이것이 그의 비장의 카드였을 것이다. 보르헤스는 자주 이렇게 말하곤 했다. 그를 놀라게 하고 매료시켰던 것은 어린 학생들이 자신의 작품을 그렇게 많이 읽었다는 점이었다고. 잘 준비되고 체계화된 학습을 통해 학생들이 이런 문학 강독에 몰입할 수 있다는 것을 저자가 이해했다는 점은 놀랄 만한 일이 아니었다. 대학생들이 자신의 작품을 읽고 연구하는 것은 충분히 예측할 수 있는 일이지만, 고등학생들이 그렇게 했다는 것은 그들의 수업에 약간의 신비스러움을 도입한 것이기 때문에 오히려 그는 커다란 자부심을 느꼈을 것이다. 이러한 체험은 그의 문학을 나이 제한 없이 다양한 계층의 독자를 보유한 키플링, 스티븐슨 혹은 다른 저자들의 문학과 가깝게 만들 수 있었다.

보르헤스의 산타페 방문 기간 동안 두 사람은 그 어느 때보다 많은 시간을 토론하며 보냈다. 그는 베르골리오에게 자신이 읽을 수 있도록 '학생들의 습작품'을 보내줄 것을 요청했다. 며칠 후, 산타페에 머무는 동안 받았던 관심과 '책의 서문을 써 달라'는 뜻밖의 요청에 대한 그의 감사의 마음이 담긴 회신이 왔다. 그 책은 보르헤스의 마음속에 유일하게 존재하는 것이었고, 그 때문에 아마도 가장 너그러운 서문을 썼을 것이다.

"이 서문은 이 책만을 위한 것이 아니라, 여기 모인 젊은이들이 미래에 쓸 수 있는, 예측하긴 힘들지만 무한한 가능성을 지닌 작품들 하나하나를 위한 것이기도 하다."

가우초와 포기에 대하여

1964년부터 줄곧 마리오 디에스는, 왜인지는 몰라도, 중남미 대초원의 전형적인 주민인 가우초의 심도 있는 연구에 몰두했다. 아마도 그곳 주민들은 아르헨티나의 악습 때문에 이곳에 배타적으로 정착했을 것이다. 한 페이지 또 한 페이지 몇 번이고 정신없이 읽은 디에스는, 호세 헤르난데스의 작품에서부터 발전된 원형인, 마르틴 피에로라는 인물을 능가하는 무수한 버전들을 가우초가 소유하고 있다는 것을 발견했다.

그가 가우초에 관심을 갖게 된 것은, 카스릴리아노 출신인 2학년 때 선생님 에두아르도 뻬랄따 라모스가 교과서로 '마르틴 피에로'를 선택했을 때부터였다. 당시 디에스는 헤르난데스의 8음절 시를 읽고 평가하면서 아르헨티나 사람들의 정신에 불을 지핀 슬픈 유혈의 역사를 알게 되었다.

그 시점에 그는 단순한 문학의 영역을 떠나 심리학이라는 분야로 접어들었다. 왜 그랬는지는 정확히 몰라도 '첫 작품'에 집착하지 않았던 것 같다. 아마도 그것은 사춘기 소년들의 '빈둥빈둥 지내기'에 반대하는 예수회의 '무언가를 하기'라는 전형적인 관습이었을 것이다.

디에스는 베르골리오와 조우하기까지 중단과 재개를 거듭하면서 가우초에 대한 자신의 작업을 계속했다. 기다릴 것도 없다는 듯 베르골리오는 그를 앞으로 나아가도록 격려했고, 수많은 자료와 참고 문헌들을 마음대로 열람할 수 있는 권리와 도서관의 초기 간행본 구역에 들어갈 수 있는 특혜를 부여했다. 무엇보다 그의 작업과 관련된 소식을 늘 요구했다.

많은 학생들이 수업과 점점 늘어가는 커리큘럼 외 활동 때문에 고민하고 있었고 디에스도 예외는 아니었다. 그런 선택을 한 이유를 알기 위해 사춘기 소년의 마음속으로 들어가는 것은 거의 불가능한 일이었다.

"저 문학 아카데미를 그만두기로 결정했습니다."

어느 날 그가 말했다.

"혹시 문학과 다퉜니?"

상냥하면서도 다정한 음성으로 베르골리오가 물었다.

"아뇨, 사실은 시간이 부족해서……. 수업을 위한 예습도, 아카데미를 위한 과제 준비도, 가우초에 대한 연구도 지지부진한 상태라서……."

"네가 보기엔 그럴 가치가 있는 것 같니?"

질문은 진심어린 것이었고 충고도 담겨 있었다. 베르골리오는 아카데미의 소중한 구성원 하나를 잃는 것 같았지만, 그것이 자유의지의 나쁜 점임을 알고 있었다.

"가우초에 관한 공부를 포기하고 싶지도, 아카데미에서 어영부영하고 싶지도 않아요. 그래서 아카데미를 잠시 접어두는 거예요."

"알겠다. 하지만 더 생각해 봐야 할 것 같구나. 어떤 결정을 내릴 때 그것이 자신에게 한쪽 문을 닫는 결과를 초래할 수도 있다는 점을 명심해라. 모든 결정은 기로와 같단다. 보르헤스의 그 미궁에서 접어들어야 할 길 말이야. 왼쪽으로 돌면 오른쪽에 있는 것을 잃게 되지. 최종

적으로 인생은 그런 거란다. 선택의 문제인 거야."

"오래 생각했어요. 그리고 결정했고요. 이미 자퇴서도 썼어요."

디에스는 베르골리오를 향해 자퇴서를 내밀었다.

"알았다, 마리오. 네가 진정으로 원한다면……."

그는 깊은 상실감을 느꼈지만 습관적으로 그것을 드러내지는 않았다.

얼마 후, 보르헤스가 도착했다. 그것은 소년들의 전망을 바꿔놓았고, 그 가운데는 마리오 디에스도 있었다. 보르헤스가 5학년 학생들에게 강의를 하는 것 외에 성녀 데레사 문학 아카데미도 방문할 거라는 소식은 그에게 큰 충격이었다. 자퇴서를 제출하기 위해 베르골리오를 만난 것이 1세기는 지난 것 같았지만, 실은 불과 몇 달 전의 일이었다. 그때 가장 위대한 아르헨티나 작가의 방문을 누가 상상할 수 있었겠는가? 그는 고민 끝에 베르골리오에게 상담을 요청했다. 자신의 모습이 보이지 않는 감독관실이 그가 만남을 위해 선택한 장소였다.

"베르골리오 신부님…… 부탁드릴 것이 있는데요."

"말하렴, 마리오."

"저 아카데미를 그만뒀는데…… 보르헤스가 방문하러 오는 날 참석하려면 어떻게 해야 할지 몰라서요."

"네가 날 찾아왔을 때 우리는 이미 충분히 말했던 것 같은데, 그렇지 않니? 네 포기가 아카데미로서는 상실이라고 생각한 게 나 혼자만은 아니지만, 너는 결정을 내렸고 우리는 옳든 그르든 네 결정을 존중했단다. 이런 연습과 실수를 통해 배우는 거지. 사람은 매 순간 결정을 한단다. 그 결정은 좋은 결과를 가져올 수도, 그다지 좋지 않을 수도 있지. 오늘을 예측하지 못했던 너의 결정을 앞에 두고, 우리가 그걸 취소하고 그런 일이 없었던 것처럼 가장하기로 결정한다면 우리는 너의 인격 형성에 기여하지 못할 거야. 너의 인격 형성은 바로 우리의 임무거든. 그러니 되돌릴 수 없어. 아마도 네게는 보르헤스와 함께 100분을 보내는 것보다 이 체험이 더 유용할 거야."

짧은 순간이었지만 베르골리오는 디에스에게 인생의 커다란 가르침을 전해주었다. 이 일뿐만이 아니다. 그 훨씬 전부터 그는 학생들에게 큰 신뢰를 심어주었다. 1965년의 그 강의가 시작되기 몇 주 전, 베르골리오는 디에스가 해왔던 가우초에 관한 연구 작업을 평가할 기회를 얻었다. 그는 교우들 앞에서 그 주제에 관해 강의를 해줄 것을 디에스에게 부탁했다.

"가우초 문학 강의에서 신부님의 조수 역할을 말씀하시는 건가요?"

디에스가 믿지 못하겠다는 듯이 물었다.

"네 친구들 앞에서 강의를 하라고 부탁하고 있는 거지. 나는 가만히 듣고만 있을 거야. 이 주제에 관해서는 네가 선생님이 되어 나를 대신하는 거지."

스페인과 아르헨티나 문학을 가르치는 교사 입장에서는 결코 쉽지 않은 결정이었다. 그러나 그는 학생에게 기꺼이 자기 자리를 넘겨줄 수 있는 인물이었다.

선생님을 대신하기 위해 그는 어떻게 했을까? 학생들에게 신뢰는 하나의 명령 키워드였다. 그것이 베르골리오가 그에게 도전을 제안한 이유였다.

작가와 지식인들

　　보르헤스가 파트리시오 쿨렌홀에서 문학 아카데미를 시작한 것은 수요일이었다. 그는 특유의 익살스런 농담으로 박진감 있게 강의를 시작했다.

　　"저를 용서하십시오. 많은 지식인들 한가운데 서 있자니 좀 위축되는 느낌이 드네요."

　　사람들은 그의 문장을 존중했는데, 그것은 의무여서가 아니라 그의 인물됨과 완전히 일치했기 때문이다. 많은 지식인들 한가운데서 위축되다! 그 말이 대화의, 아니 아마도 독백의 시작이었으며 영원히 기억될 것임을 모두가 알고 있었다. 초조해하는 기색이 역력한 베르골리오를 포함하여, 그의 제자들로 구성된 젊은 지식인 그룹은 그날 호르헤 루이스 보르헤스가 일반적으로 알려져 있던 모습, 공식적인 모습과 다르다는 것을 알았다. 이유는 간단했다. 그날, 어린양들 사이에 우뚝 선 보르헤스는 걱정할 게 아무것도 없는 제왕 같은 한 마리 늑대였으므로. 따라서 방어태세를 갖출 필요도 없었다. 그들이 그를 상대로 어떤 공격도 할 수 없을 뿐만 아니라 그러고 싶어 하지도 않는다는 것을 알고 있었기 때문이다.

로헬리오 피르터, 카를로스 기아라, 길레르모 힐리아니는 어느 정도 깊이 있는 몇 가지 질문을 했지만 다른 학생들은 한결같은 그의 마법의 말이 흘러가도록 내버려 두었다. 한 학생이 에바리스토 카리에고에 대해 질문하자 보르헤스는 그걸 쓸 때 실수한 것 같다고 털어놓아 모두를 깜짝 놀라게 했는데, '에바리스토-카리에고를 그렇게 불렀다-'는 집안의 친구로 그를 향한 애정이 책 속에 드러났어야 했다는 것이다. 부에노스아이레스 출신인 카리에고는 탱고와 연관되어 있고, 변두리에 바쳐진 그의 시는 우울하고 감상적이었다. 태어날 때부터 탱고를 줄곧 들었다는 것을 발견한 소년들은 도시 밖 외곽에 사는 그 시인에 대한 애정이 샘솟는 것을 느꼈다.

보르헤스는 아직 완전히 눈이 멀지는 않았다. 그는 세부적인 것을 지각하고 글자를 구별하는 게 힘겨운 혼란스러운 횡단면의 세계에서 산다고 말했다. 그래도 숫자는 아직 알아볼 수 있었다. 그는 은으로 된 주머니 시계를 사용하고 있었는데, 다양한 뚜껑이 달린 여러 시계들 중 하나였다. 학생들은 시계를 열어 오른쪽 아래 눈꺼풀에 기대어 놓는 것을 보고 놀랐다. 그는 그렇게 시간을 보았던 것이다.

때때로 상황이 사람의 태도를 뒤틀어버리는 수가 있다. 친절하고, 부지런하고, 예의 바르게 처신하려고 최선을 다하는 사람 역시 순간적으로 엄청난 실수를 범할 때가 있다.

보르헤스는 자신에게 주어진 시간 동안 최대한의 정보를 전달하기 위해 열과 성을 다했는데, 강의 중간에 호르헤 밀리아가 불쑥 끼어들었다. 그것은 호감을 얻거나 강렬한 인상을 주기 위해서가 아니라 단지 기발한 착상이 떠올랐기 때문이었다. 당시 최첨단이었던 콘택트렌즈를 생각하며 그는 당돌하게 말했다.

"보르헤스 선생님, 그것은 일종의 콘택트 시계네요!"

라모스와 베르골리오는 그에게 따가운 눈총을 주었고, 그는 곧바로 자신이 경솔했음을 깨달았다. 그는 자신이 내뱉은 말 때문에 덜컥 겁이 났다. 두 사람의 시선에서 긴 깃대에 자신을 매달거나 혹은 테라스에서 자신을 아래로 던져버리겠다는 무언의 결심을 읽었다. 보르헤스는 시계를 주머니에 다시 끼우면서 한쪽 눈으로 그를 바라보더니 이렇게 말했다.

"재미있군요. 환상적이라 할 만한데요. 탁월한 고문입니다!"

그는 환한 얼굴로 미소를 지었다.

"생각해 보세요. 눈 안에 시계를 낀 남자를. 눈을 감아도 보지 않을 수 없는 시계를. 그래서 남자는 깨어 있을 때나 자고 있을 때나 한 시간 또 한 시간 시간이 이어지는 것을 계속 보게 되고, 시간은 그에게 여전히 살아 있는 것이 되는 거죠. '마지막 순간까지 함께한다'는 라틴어 격언을 아는 시계입니다. 그 남자의 절망을 상상해 보세요. 도저히 몸에서 떼어낼 수 없는, 끝없이 째깍거리는 시간의 소리……. 정말 끔찍하군요!"

그는 밀리아에 대한 격려의 말로 이야기를 끝맺었다.

"우리에게 이 이야기를 써줘야겠어요!"

보르헤스는 자신의 천재성을 발휘해 이야기의 정수를 만들어냈다. 일종의 마법으로 한낱 어리석은 행동을 그럴듯한 이야기의 줄거리로 변형시켰던 것이다.

보르헤스 덕분에 밀리아는 뭐라도 할 용기, 가볍게라도 반응을 보일 용기를 찾을 수 있었다. 헌데 생각, 명령, 희망 혹은 '조지'가 몸소 부여해준 그 무엇에 대해서 어떻게 쓰기를 시작할 수 있을까. 불가능했다. 만약 누군가가 제한된 순간에 그렇게 할 수 있다면, 부족한 이야기의 나머지 부분을 찾거나 눈에 보이지 않는 열쇠 혹은 암호를 찾았기 때문일 것이다.

시간은 지나갈 것이다. 그것에 대해 충분히 생각해 보기까지 많은 시간이. 그리고 10여 년의 세월이 흐른 뒤, 밀리아는 베르골리오를 다시 만났을 때 그 이야기의 나머지 부분을 들려주었다.

"제가 부에노스아이레스에 살 때였어요. 시립도서관 앞에 있는 마이푸와 플로리다 사이의 회랑을 지나는데, 카페 작은 테이블 앞에 보르헤스가 앉아 있는 거예요. 그는 커피를 마시면서 『완성된 작품들』에 사인을 하고 있었어요. 혹시나 하고 다가가서 자세히 봤더니…… 그래요, 정말 그였어요! 가서 인사를 할까? 하지만 기억 못할까봐 두려웠어요. 맞아, 분명히 기억 못할 거야. 그럼 학교는, 여행은……. 다시 두려움이 일었죠. 가서 뭐라고 말하지? 잠시 고민하다가 결정을 내렸죠. 괜찮아, 안 될 거 없잖아. 보르헤스와 함께라면 화제가 무슨 필요가 있겠어. 화제를 생각해 내는 건 그잖아. 그리고 누군가가 내게 오늘 오후에 뭐했냐고 물으면 이렇게 말하는 거야. 뭐, 특별한 건 없어요. 보르헤스랑 수다를…….

우려했던 것과 달리 제 소개를 하자 보르헤스는 성녀 데레사 문학 아카데미에서 우리가 그를 맞았을 때처럼 똑같이 겸손한 태도를 취했어요. 저한테 옆에 앉으라고 하고는 커피를 사주었어요. 제게 커피를 사주고 싶다고 해서 당황했어요. 정말이에요. 그는 분명히 제 생각을 알아차렸어요. 조금 뒤에 제게 이렇게 말했거든요. '사양하지 말고 드세요. 작가가 내는 거니까.'

저는 계면쩍게 웃으면서 커피를 주문했죠. 그가 말했어요.

'그 여행은 정말 흥미로운 체험이었어요. 난 아주 좋았습니다. 어린 친구들이 내 작품을 그렇게까지 읽었으리라고는 생각할 수 없었죠. 그리고 여러분의 글은 정말로 충격적이었어요. 여러분은 어느 정도 죽음에 사로잡혀 있었어요. 제가 틀렸나요? 그 때문에 그 책의 서문을 쓰겠다고 했죠. 당신도 글을 쓰나요?'

'글쎄요. 습작 정도라고 해두죠. 저도 『독창적인 이야기들』의 공동저자예요.'

'아, 그래요?'

저는 모호하지만 자꾸 놀랐어요.

'제가 시계에 대해 이야기한 학생인데…… 혹시 기억하세요?'

'눈 안의 시계요?'

'네.'

'말해보세요. 그 이야기는 완성했나요?'

그의 말은 질문이라기보다 강력한 권고 같았어요. 그의 기억력 때문인지 그의 요구 때문인지 몰라도 저는 많이 놀란 상태였어요. 어떻게 기억하고 있었을까요? 저는 아니라고 대답했어요. 보르헤스가 정해준 주제라는 무게감을 느끼면서 어떻게 쓸 수 있겠어요? 그런데 그는 웃기 시작했어요.

'나는 그 주제가 좋아요.'

그가 말했어요.

'하지만 내가 글을 쓰면, 모든 사람들이 자전적인 이야기라고 생각할 거라서……'

'안 될 것 없지 않나요. 선생님은 보르헤스인데……. 사람들이 뭐라고 하는지가 선생님께도 중요한가요?'

저는 조금 놀라서 물었어요.

'그들이 옳은 것 같아서죠.'

그는 이렇게 덧붙이고는 다시 웃기 시작했어요.

'당신은 아직 젊어서 이해하지 못하는군요. 그 이야기를 쓰기로 결심하게 되면 내게 가져와요. 내가 읽게 해줘요. 정말 관심이 있으니까.'

'아시죠. 정의 내릴 수 없는 무언가가 빠진 것만 같아요. 하나의 사실, 설명할 수 없는 어떤 게……'

'그래요. 때때로 그런 일들이 벌어지죠. 마치 누군가가 우리를 조롱하는 것 같은 일이. 모든 조각이 다 있는데 하나가 빠져서 앞으로 나아갈 수 없는 거. 저한테도 일어난답니다. 억지로 하려고 해도 소용없어요. 아시죠? 빠진 조각은 내일 나타날 수도, 40년 뒤에 나타날 수도 있어요. 아예 나타나지 않을 수도 있지만 어쨌든 쓰기로 결정하면 내게 가져와요.'

그는 확실하면서도 분명하게 말했어요.

'혹시 내가 이미 죽었으면, 뭐, 그럼 그걸 출판하세요. 다른 독자라고 읽지 말라는 법도 없으니······.'

더 이상은 그를 보지 못했어요. 저는 글을 쓰지도 못했어요. 아니, 진실을 말하자면 그 이야기 쓰기를 끝내지 못했어요. 그 후에 생각했죠. 아직 내가 발견하지 못한 열쇠가 없어도, 뭔가를 가지고 초고를 작성한 흔적만이라도 그에게 가지고 가면 재미있을 텐데. 그의 의견을 들어보기 위해, 또 한 번의 마법 같은 순간을 함께 하기 위해. 아니면 누군가가 내게 와서 그날 오후에 뭘 했느냐고 물을 때 이렇게 대답하기 위해서라도.

'뭐, 특별한 건 없었어요. 내 친구 보르헤스랑 수다를 떤 것밖에······.'

다른 사람들에게도 똑같은 일이 일어나는지 도저히 알 수 없었어요. 그 작은 그룹의 소년들이 보르헤스가 얼마나 중요한지 정말로 이해했을까요? 다른 건 몰라도 결코 잊을 수 없는 경이로운 체험이었어요. 한참 시간이 지난 후에야 보르헤스와 함께했다는 사실의 중요성을 깨달 았죠. 결국 저희 모두의 존재는 신부님께 달려 있는 거예요. 다른 친구들에게 선망의 동기였다고 말하고 싶진 않아요. 보르헤스와 함께 수업했다는 것이 거의 평범한 것이 되어버렸죠.

『독창적인 이야기들』의 공동저자로서 다른 친구들이 제공해준 기회의 중요성을 과소평가했어요. '조지'는 다른 많은 친구들처럼 거의 친구가 되었죠. 아마도 이런 이유로 우리가 충분히 감사하지 않았던 것 같아요.

공동저자 중 하나인 페페 시빌스에 따르면, 우리는 절대적이고 미래적인 방식으로 보르헤스가 서문을 써준 올림푸스 신전에 들어간 거래요. 왜냐하면 보르헤스가 이렇게 말했기 때문이죠.

'이 서문은 이 책만을 위한 것이 아니라, 여기 모인 젊은이들이 미래에 쓸 수 있는, 예측하긴 힘들지만 무한한 가능성을 지닌 작품들 하나하나를 위한 것이기도 하다. 여기 글을 쓴 여덟 명의 작가들 중 몇몇은 언젠가 명성을 얻을 것이고 애서가들은 이 사람들의 명성을 좇아 책을

찾아다닐 거라고 예언하는 바이다.'

제가 아는 한 지금까지 보르헤스의 예언은 아직 미완성으로 남아 있어요. 어쨌든 그분과 함께할 수 있었고, 그 순간의 주인공이었다는 사실만으로도 저희는 감사해요. 비록 다시 돌아갈 수 없는 시간이지만 그건 신부님이 저희에게 주신 훌륭한 선물이에요.

보르헤스가 살아있을 때 신부님이 읽게 하신 것보다 훨씬 더 많은 작품을 그의 사후에 읽었는데, 그 이유를 잘 모르겠어요. 내세와 불멸 그리고 또 다른 삶이라는 생각에 대한 그의 부정을 반증하기 위해서였을까요. 모든 작품, 모든 구절, 모든 낱말에서 그의 심오하고도 풍자적인 정신을 발견했어요. 그것이 현실처럼 느껴지면서 대하소설과 전설 사이를 항해하도록 만드는 거예요.

호랑이와 동굴 사이, 잉크와 종이로 된 미궁, 그 안에 보르헤스가 아직 살아있다고 확신하니까요."

이제 더 이상 문학 선생님이 아니라, 예수회 관구장인 베르골리오는 그를 바라보며 웃었다.

"그날 네가 생각해낸 것이 얼마나 바보 같았니, 밀리아. 우리는 너를 쫓아내고 싶었단다. 어떻게 사과해야 할

지, 무슨 말을 해야 할지 모르겠더구나. 헌데 그 어른은
그런 식으로 너를 구해줄 만큼 천재적이었지. 결국 네가
한 그 바보 같은 말이 선물이었어. 아직도 가끔 눈 안의
시계 이야기가 떠오르곤 한단다!"

독창적인 이야기들

그 당시에 책을 쓴다는 것은 학생들 중 누구의 계획에도 들어 있지 않았다. 보르헤스의 서문이 실리리라는 것은 더더욱 예상할 수 없는 일이었다. 아마도 잘 생각해 보면, 베르골리오의 학생들은 어떤 책도 쓰지 않았을지 모른다. 『독창적인 이야기들』은 보르헤스의 창안이고 그들, 즉 예측하기 힘든 저자들은 그의 소설에 나오는 등장인물들에 불과하다고 추측해 볼 수도 있지 않을까. 이 또한 문학적인 창안일 것이고 그런 만큼 과소평가 되어서는 안 된다. 어느 누가, 한순간만이라도 베오울프나 니카노르 파레데스 혹은 '리의 병사'가 되고 싶지 않을까?

이야기는 말하는 사람에 따라 달라질 수 있고 이것은

규칙에 어긋나는 것이 아니다. 어쩌면 당연한 일인지도 모른다. 대충 그렇게 사건들이 흘러갔다. 보르헤스는 베르골리오에게 그의 제자들이 쓴 이야기 몇 편을 자신에게 보내달라고 부탁했다. 당시 복사기는 아직 미래에 속하는 물건이었다. 따라서 이미 쓴 글의 또 다른 사본이 필요하면 카본지를 사용해서 타자를 쳐야 했다. 타자기 덮게 밑에 5단계로 된 레버가 있었다. 각 단계는 원하는 복사본의 양에 상응하는 것이었다. 그러나 다섯 번째 판은 원본보다도 훨씬 지저분했다는 것을 분명히 해둘 필요가 있다. 게다가 질긴 종이를 사용하지 않으면 첫 번째 종이는 두꺼운 종이더미와 카본지 위에 놓여 있어서 타자기에 따라 구멍이 날 위험성도 있었다. 따라서 끼워 넣을 종이 매수에 따라 자판을 두드리는 강도를 조절해야 했다. 그렇게 그 이야기들은 여섯 개의 표찰로 순서를 매긴, 원본과 다섯 개의 사본으로 만들어졌다. 보르헤스에게는 첫 번째 것이 보내졌다. 다른 것들과 구분하기 위해 그 용지에는 누군가가 『독창적인 이야기들』이라고 썼는데, 정말로 그래서가 아니라 단지 그 용지들이 원본, 즉 처음으로 쓴 것이기 때문이었다. 빠진 것이 있다면 쉼표였다. 그 다음 표찰들은 '이야기들 복사 NO.1에서 NO.5 까지 번호가 매겨져 있었다. 베르골리오는 그에게 그 내용을 전화로 알렸는지 편지로 알렸는지 모른다. 아마도 편지였을 것이다. '조지'는 교장선생님 앞으로 산타페에 초청해줘서 고맙다는 편지를 보내왔다. 그 편지에는 학생들의 이야기에 깊은 감명을 받았으며, 『독창적인 이야기들』이란 제목의 책에 서문을 쓰고 싶다는 내용이 담겨 있었다.

교장선생님은 그 자리에서 책을 출간하기로 결정했다. 이 소식을 듣고 학생들보다 더 흥분했던 것은 베르골리오였을 것이다. 그가 한 모든 수업, 보르헤스를 초대하기 위해 그가 쏟았던 노력, 학생들이 알지 못하는 세계로 그들을 인도하리라는 희망과 그렇게 하고자 했던 바람으로 얻은 예상치 못한 선물이었으므로.

앞서 잠깐 언급했듯이 보르헤스는 기대 이상의 찬사와 격려를 담은 서문을 써주었다.

이 서문은 이 책만을 위한 것이 아니라, 여기 모인 젊은이들이 미래에 쓸 수 있는, 예측하긴 힘들지만 무한한 가능성을 지닌 작품들 하나하나를 위한 것이기도 하다. 여기 글을 쓴 여덟 명의 작가들 중 몇몇은 언젠가 명성을 얻을 것이고, 애서가들은 이 사람들의 명성을 좇아 이 책을 찾아다닐 것이다. 그리고 이러한 일을 예언하는 것은 그리 허황된 것이 아니다.

우리는 해가 갈수록 정교하게 다듬어질 그들의 미적 취향과 문학에 익숙해지는 습관을 교육하기 위해 발칙한 상상력과 치기 어린 문장마저도 포용해주어야 한다. 그것이 이 작품집을 엮은 무염시태 기숙학교 책임자들의 의도이기 때문이다. 뒤에 나올 이야기들 중 몇 편—예를 들어 마지막에 가서야 일어날 슬픈 여행의 변화들이 묘사되어 있는 작품과 같은—에 머물고 싶기도 하다. 하지만 목록들 중에 주의해야 할 유일한 것, 혹은 더 많이 주의해야 할 것이 누락된 것을 알고 여기에 어떠한 강조도 삼가는 편이 좋을 듯하다.

인쇄기술이 발명된 지 수세기가 지났다. 처음에는 필사가들이 경멸해마지 않았던 인쇄라는 것이 지금은 거의 마법과도 같은 명성을 얻었고, 어떤 식으로든 텍스트에 사실성을 부여하는 데 큰 몫을 하고 있다.

학생들이 쓴 14편의 이야기를 모아 출판하겠다는 생각은 탁월한 것 같다. 이 책의 출간은 그것을 쓴 젊은이들에게는 격려가 될 것이고, 그것을 읽게 될 독자들에게는 적잖은 놀라움과 감동에 빠지는 기쁨이 될 것이다.

이 책은 본래의 교육적 의도를 훌쩍 뛰어넘어 문학의 심장 그 자체를 건드리기에 이르렀다.

1965년 10월 7일 부에노스아이레스에서

호르헤 루이스 보르헤스

아마도 보르헤스가 다 틀린 것은 아닐 것이다. 특히 어린 마음에 무엇이든 환영하는 천성에 관해서도 그렇고, 조심성 없이 사춘기 소년들이 문학이라는 혼란스러운 세계에 무의식적으로 진입했다는 사실—어떤 이는 문학이라는 덫에 걸려 있다—에 관해서도 그렇다. 하지만 그의 예언은 분명 아직까지 미완성으로 남아 있다.

출간된 책은 '호르헤 루이스 보르헤스의 서문'이라는 문구가 선명하게 박힌 노란 띠지를 두르고 있었다. 그 때문에 유쾌하지 못한 루머가 떠돌았는데, 많은 사람들이 서점에 가서 호르헤 루이스 보르헤스의 〈서문〉이란 책을 요구한다는 것이었다.

아마도 그 여덟 명의 공동저자들은 보르헤르가 서문을 썼다는 것이 무엇을 의미하는지, 그리고 그것이 그들의 삶에서 얼마나 이례적인 사건인지 충분히 공감하지는 못했을 것이다. 실제로 그들은 그 순간이 아니라 누군가가 공손하게 그것에 대해 주목했을 때에야 비로소 아 그렇구나, 하고 받아들였다. 그 이유는 사춘기 소년들에게 기념비적인 문학 작품들을 남긴 저자가 단순히 학교 친구─불과 며칠 동안이었지만─였다는 사실에서 비롯된 것인지도 모른다.

지적 소유와 동반

『독창적인 이야기들』의 공동저자 중 하나인 세레노 그라씨를 혼란케 했던 소소한 사건이 있었다. 베르골리오를 비롯한 집필진은 그 책에 학교의 권위자가 서명한 해설을 넣기로 의견을 모았다. 그래서 베르골리오는 학습감독관인 루이스 토테라에게 그 글을 부탁하기 위해 그라씨를 보냈다.

"베르골리오에게 쓰라고 전하게."

그렇게 완성된 원고를 토테라에게 보냈고, 그가 서명을 해서 작품집이 출간되었다. 책을 살펴보던 그라씨는 베르골리오가 쓴 해설에 토테라의 서명이 있는 것을 발견하고 배신감에 휩싸였다. 그는 끓어오르는 분을 참지 못하고 베르골리오에게 설명을 요구하러 갔다. 그는 『독창적인 이야기들』이 베르골리오의 지칠 줄 모르는 노력의 산물이라는 것을 잘 알고 있었다. 베르골리오의 이름이 빠져 있다는 것을 그는 용납할 수 없었다.

베르골리오는 평소와 다름없이 그를 맞았다.

"진정해라, 얘야. 세상일은 네게 보이는 것과 많이 다르단다. 내가 예수회에 들어왔을 때, 내 이름을 수도회의 관심보다 위에 두려는 어떠한 욕심도 밖에 두고 왔단다. 그런 것들은 한 권의 책 중 몇 안 되는 페이지일 뿐이야. 삶이 아니라……."

그라씨는 충분히 납득하지 못한 채 자리를 떴다. 그 책에 베르골리오의 이름이 없다는 것이 그에게는 오래도록 부당함이라는 쓴맛으로 기억 속에 남아 있었다.

마지막 시간

   몇몇 꼭지의 글에서 보다 장엄하게 정의된 것처럼, 1965년이 끝을 향하고 있었다. 이맘때쯤이면 학생들 모두가 보충해야 할 과목이 몇 개나 되는지 알고 있었다. 규율은 평소보다 훨씬 완화된 채 유지되었다.

   교사들은 기록부를 정리하느라 애를 쓰고, 서류를 다시 채워나가고, 쓸모없는 용지들을 부지런히 찢어서 쓰레기통에 버리고, 12월이나 3월에 재시험을 치러야 하는 학생들의 명부를 준비했다.

   아이들은 벤치 둘레에 무리지어 모여 있거나 혹은 옆에 있는 친구들과 수다를 떨었다. 그들은 자신들의 미래에 대해, 어디에나 있는 축구에 대해, 대학 선택에 대해 그리고 다른 수천 가지 주제들에 대해 말하고 있었다. 물론 근처 교실에 불쾌감을 줄 정도로 소란스럽지는 않았다. 조금만 더 정리된 분위기였다면 여느 날과 같은 하루였을 것이다. 하지만 달력은 마지막 장에 도달했고, 지나가고 있는 것은 고등학교에서의 마지막 시간이었다. 그 외에 달라진 것은 전혀 없는 듯했다.

모든 것이 어떻게 되어가는 건지 정확히 이해할 수 없었다. 누가 그리고 왜 그것을 계획했는지 도무지 알 수 없었다. 전통도 아니었다. 교실 뒤의 시계바늘이 11시 58분을 가리켰다. 모두가 자기 물건들을 치우기 시작했다. 11시 59분, 일제히는 아니고, 혹은 서두르고 혹은 천천히, 자기 책상 옆에 서기 시작했다. 한 사람이 성호를 긋고 모두가 그 뒤를 따랐다. 누군가가 수줍게 중얼거렸다.

"주님의 천사가 마리아께 아뢰니……."

나머지 학생들이 응했다.

"성령으로 잉태하셨나이다."

삼종기도는 매일 낭송되는 것이 아니었음에도 자연스럽게 성모송으로 이어졌고 아멘에서 종이 울렸다. 정확히 정오에, 고등학교 마지막 날의 마지막 수업은 그렇게 끝났다.

보통은 먼저 나가는 사람과 나중에 나가는 사람이 있게 마련이지만 그날은 사뭇 다른 분위기였다. 어떤 우울함이 퍼져 있었고 이상하게 부릅뜬 눈들이 그 순간의 감동을 드러내 보이고 있었다. 뜻하지 않은 단체행동에 놀란 베르골리오는 즉시 정신을 차리고 손을 든 다음 그들을 격려했다.

"눈물은 안 돼. 학교종은 미래가 시작된다는 걸 가리킬 뿐이야."

기말 시험

호르헤 밀리아는 자신이 쓴 말도 안 되는 글에서 베르
골리오가 발견한 재미있는 요소가 무엇인지 궁금했다. 베
르골리오는 그것에 대해 자세하게 설명해 주는 대신 그런
글들을 쓰도록 항상 그를 격려했다.

밀리아의 집에서 베르골리오는 존경받는 인물이었다.
지난 해 밀리아가 문학 아카데미에 입학한 날부터 그의
부모님은 그에게 큰 호감을 갖고 있었다. 아마도 바로 그
것 때문에, 졸업을 앞두고 밀리아가 『독창적인 이야기들』
의 공동저자 중 문학 시험을 다시 봐야 하는 유일한 학생
이라는 기막힌 사실을 알게 되었을 때 두 사람은 깊은 상
심에 빠졌다. 베르골리오는 그의 수많은 잘못들을 벌주

기 위해 재시험을 보게 하기로 결정했는데, 그 잘못들 가운데는 여러 번 요구한 과제 제출이 심각할 정도로 늦어진 경우도 있었다. 진실을 말하자면 그에게는 충분히 그럴 만한 이유가 있었다. 밀리아는 자신의 의무를 다하기 위해 시간을 할애하는 것보다 고등학교의 마지막을 위한 축하행사 계획에 몰두했다. 사춘기의 소년들이 흔히 그렇듯 공과 사의 경계를 자기 마음대로 넘나들며 흥청거렸다. 졸업을 앞두고 들뜬 마음 탓에 과제 같은 건 안중에도 없었다. 요점은 거기에 있었다. 베르골리오는 엄지손가락을 뒤집어 바닥을 가리키며 그에게 12월에 재시험 대상자로 선정되었음을 알리는 사인을 보냈다.

밀리아는 약간 당혹스러웠다. 혹시 3월에 또 재시험을 치르게 된다면? 안 될 일이었다. 이제 그는 교과과정을 아우르는 시험을 치르게 될 것이다. 약간은 두렵고 긴장되는 상황에서, 그는 질문의 선택에 관해 하느님의 도움을 청하지 않는 자신이 불경스럽게까지 느껴졌다. 마침내 그날이 왔고 밀리아는 시험을 보러 갔다. 그는 자신의 이름이 불릴 때까지 가능한 한 많은 부분들을 살펴보려고 노력했다. 이것저것 주제들을 마구 뽑아보고 자기 앞의 응시자가 하는 소리를 들으며 안절부절 못하고 있었다. 시험감독관으로는 베르골리오 외에도 쎄페다와 라모스가 있었다. 설상가상으로 자기 차례가 되자 교장선생님까지 나타나더니 어딘가로 사라진 쎄페다의 자리를 대신 차지하고 앉았다.

"좀 봅시다. 어떤 주제를 선택했습니까?"

라모스가 물었다.

"아무것도요."

베르골리오가 대답했다.

"밀리아는 모든 과정에 대해 말해 줄 겁니다."

교실 뒤에서 누군가 낮은 음성으로 수군대는 소리가 들렸다.

"그를 십자가에 못 박았네."

더욱 뚜렷한 소리가 들렸다.

"그는 제거됐어."

교장선생님이 이전 시험들에 관한 메모를 적으면서 오묘한 표정으로 그 장면을 지켜보았다.

"교과과정 전체를 보여줘야 한다는 것은 뭔가를 공부했을 리 없다는 뜻이군요."

라모스가 말했다.

밀리아는 논쟁을 벌이려 하지 않았다. 그는 편안하게 말하기 시작했다. 글을 쓰고 글을 읽기 위한 인간의 열정 이야기, 어려서부터 들어왔고 스스로도 수천 번 반복했던 이야기를. 마치 앞에 있는 사람들이 로욜라에 적합한 학생들을 제련할 임무를 띠고 있는 세 명의 예수회원이 아니라 후안 루이스, 곤살보 데 베르세오, 호세 데 에스프론세다, 헤르만 헤세, 호세 헤르난데스, 프란시스코 케베도 혹은 윌리엄 셰익스피어 본인들인 것처럼 말했다. 그는 이들 모두가 전 시대를 통해 감춰진 작은 종잇조각에 쓰여진 한 문장을 그에게 전해준 것처럼 말했다. 그렇게 그는 멜리베아로부터 메르쿠시오까지, 안토니오 엘 캄보리오로부터 돈 니카노르 파레데스에 이르기까지 자유로이 날아다녔다.

답변을 마친 그는 묵묵히 다음 질문을 기다렸다. 그러나 더 이상 질문은 나오지 않았다.

"점수는 없습니다."

베르골리오가 밀리아와 시험감독관으로 참석한 다른 이들을 향해 말하고는 그의 어깨를 한 번 두드렸다.

"점수는 없어요. 이런 류의 시험에는 점수가 없다는 것을 우리는 모두 알고 있습니다. 또한 우리 모두는 밀리아 군이 재시험을 치를 필요가 없다는 것도 알고, 만약 그래야 한다면 그것은 그가 과제를 기한 내에 제출하지 않았기 때문에, 규칙이라는 게 자신에겐 가치 없는 것이라고 생각했기 때문에, 끝까지 자기 편한 대로 했기 때문이라는 것도 압니다. 따라서 공정한 점수가 10점이라면 이 학교에 그가 머문 동안의 마지막 기억으로 남도록 9점을 주어야 한다고 생각합니다. 그를 벌하기 위해서가 아니라 매일 해야 할 의무, 그 일을 잡다한 일상사로 여기지 않고 체계적으로 수행할 능력, 그를 유혹하는 순간의 황홀함을 이겨내고 한 장 한 장 벽돌을 쌓는 것이 중요하다는 것을 그가 깨닫게 하기 위해서입니다."

밀리아는 부끄러움이 아니라 일종의 불안감을 느꼈다. 용기가 있었더라면 말로 표현했을 것이다. 미래에 자기처럼 그렇게 행동할 또 다른 누군가를 만나기는 매우 힘들거라는 것을 그는 알았다. 나무람이나 설교 때문이 아니라, 이제 그는 자신의 미래를 걱정하고 스스로 미래를 지키기 위해 애쓰고 있었기 때문이다. 한 차례의 재시험이 그에게는 전혀 대단한 것 같지 않았다. 참 많이도 재시험을 쳤으니까!

그는 몇 시간 같은 몇 초 동안을 조용히 기다리고 있었다. 시험은 잘 치렀는데 실상은 재시험을 칠 필요가 없는 것이었다. 베르골리오가 방금 말한 것은 순수한 진리였다.

"9점."

교장선생님이 발표했다.

"9점."

라모스가 추인했다.

밀리아는 자리에서 일어나 세 사람에게 인사했고, 라모스는 그를 문까지 배웅했다. 그리고는 양팔을 쭉 뻗어 십자 모양으로 벌리고는 말했다.

"재시험을 보게 되지 않아서 우리가 네게 감사해야겠구나. 적어도 시험을 통과하리라 믿었던 한 학생이 두려움 없이 침착하게 온 것을 볼 수 있었으니까……. 경험이 주는 확신이었을 것 같은데, 아니니? 어떤지 알잖아, 그렇게 많은 시험을 보았으니."

라모스는 그의 옆구리를 쿡 찔렀다.

"물론이죠. 이틀 뒤 화학 시험 때 다시 보러 오세요. 그러면 두려워 죽을 것 같은 얼굴이 어떤 건지 보게 되실 거예요."

밀리아는 떠나갔다. 무염시태 기숙학교에서 그의 문학의 마지막 장이 닫혔다. 그는 혼란스러웠다. 뭐가 뭔지, 자기도 모르는 사이 베르골리오에 의해 재시험을 보려고 애쓴 것 같았다. 마치 그 이례적인 시험을 경험하고 싶었던 것도 같고, 칭찬을 듣고 싶었던 것도 같고, 한 번 더 꾸중을 듣고 싶었던 것도 같았다. 거기서 뭔가가 끝났다는 걸 알면서도 그렇지 않다고 할 온갖 구실을 찾고 있는지도 모를 일이었다. 불행이든 다행이든 그와 같은 일이 다시는 일어나지 않을 것이다. 마치 자기 것이라 믿는 것을 단념하고 하나의 여정이 영원히 닫힌다는 사실을 받아들이며 또 하나의 새로운 여정이 시작된다는 것을 인정하기를 강하게 거부했던 초등학교 말 때와 비슷했다. 하지만 그에게 그걸 기억하게 해준 사람을 알게 되었다는 점에서 하늘에 감사했다.

출발

　베르골리오는 작고 붉은 물고기들이 노니는 클라우수라 정원의 분수를 바라보았다. 대기는 섬 식물과 강의 향기로 가득했다. 그의 다음 목적지는 부에노스아이레스의 살바토레 고등학교였다. 그곳에서 그는 자신의 가족을 다시 보게 될 것이고 많은 사람들과 다시 만나게 될 것이다. 교사로서 젊은 제자들과 함께 출발한다는 것은 책의 제1장을 덮는 것과 같았다. 그들에게 배우는 법을 가르쳤지만 바로 그들을 통해 가르치는 법도 배웠다. 40년 뒤에 그가 말한 것처럼, 그들은 보다 신부답고 보다 형제 같을 수 있도록 자신을 가르쳐 주었던 것이다.

　작별인사는 언제나 트라우마와 같다. 그는 학생들에게

눈물은 한쪽으로 치워두고 출발의 이미지에 집중할 것을, 그 이미지를 상세히 기억하며 그곳에 담긴 참된 의미를 발견해 줄 것을 당부했다. 그는 최선을 다했다. 그들 중 많은 이들을 더 이상 보지 못하리라는 것, 그리고 그들은 계속해서 학교에 다니거나 계속해서 글을 쓰리라는 것을 그는 알고 있었다. 남은 것은, 좋을 때가 있고 나쁠 때가 있는 인생이었다.

그는 그때를 다른 이들과의 관계 안에서 정신적으로 풍요로워질 수 있었던 긍정적인 시기로 평가했다. 중요한 결과물도 얻었다. 알 만한 가치가 있는 사람들을 초대하는 것은 학생들을 위해서만이 아니라 학교를 위해서도 중요한 것이었고, 많은 사람들이 본받을 일이었다.

그는, 결코 죽지 않는 사랑의 학교 소속이 아니라 기적의 동정녀, 영원히 자신과 함께 해 주실 그 무염시태 성모님의 자녀라는 것을 이해하지 못한 채 "우리는 무염시태 학교의 학생이에요"라고 말하던 학생들의 이미지를 가슴속에 간직한 채 떠났다. 가방 하나와 책 몇 권을 가지고 새로운 목적지를 향해. 마차도의 시처럼 '짐은 가볍게'.

〈끝〉

1964년과 1965년의 많은 주역들의 도움이 없었다면 이 책을 쓸 수 없었을 것이다. 마리오 디에스, 호르헤 곤잘레스 마넨트, 판쵸 파스, 길레르모 레알, 우발도 뻬레스 빠올리, 루이스 마리아 산 후안, 후안 루이스 빠올리, 마르셀로 델가도 로드리게스, 세레노 오스카르 그라씨, 호세 헤르난 시빌스, 라울 파에스 데 라 토레, 호세 안토니오 발리리아니, 기레르모 레몬다, 카를로스 미나티, 카를로스 기아라와 젊은 베르골리오의 인격에 관한 자세한 자료를 내세우지 않고도 당시의 숱한 에피소드들을 재구성하는 데 도움을 준 다른 이들에게 감사의 마음을 전하는 바이다.

2년여 동안 산타페의 무염시태 기숙학교에서 펼쳤던 호르헤 마리오 베르골리오의 활동에 관해서는 사소한 증언들이 더러 있는 편이다. 젊은 시절의 그를 회상한다는 것이 개인적으로 그 시기에 속하지 않은 사람에게는 거의 열매를 맺지 못한 복잡한 일로 보였을지도 모른다.

당시 교사로서 그의 모습이 지금의 교황 프란치스코와 많이 달랐는지 궁금해 하는 사람도 있다. 단언컨대 그렇지 않다. 그가 보여준 신앙의 증거는 오늘날의 것과 전혀 다르지 않다. 자신의 소명에 확신을 가진 사람이 반세기 동안 성숙해지는 것은 당연하다는 사실을 모르거나 부정할 사람은 아무도 없다.

이 책이 교황직 뒤에 감춰진 한 인간을 탐구하고 싶은 이에게 도움이 되었으면 한다. 그의 생각과 그의 행동 방식을 이해하는 계기가 되길 바란다.

제1부

1. 오레스테 마끄리 (감수), 20세기 스페인 시, 밀라노, 가르짠띠, 1984

2. 삐에르 떼이야르 드 샤르뎅, 신성계, 내면의 삶에 관한 논문, 이태리어 판, 브레쉬아, 꿰리니아나, 2009

3. 엘비라 마리넬리 (감수), 삽화가 있는 시 모음집, 피렌체, 지운띠, 2002, p.252

제2부

1. 호르헤 루이스 보르헤스, 전집, 이태리어 판, 밀라노, 몬다도리, 1984, p.157

2. 앞의 책, p.439~515

3. 앞의 책, p.987

4. 알베르 카뮈, 정의의 사람들, 희곡 전집 중(오해, 칼리굴라, 정의의 사람들, 포위 상태), 이태리어 판, 밀라노, 봄삐아니, 2003

5. 안토니오 마차도, 카스티야의 시, 고독감 그리고 평원, 이태리어 판, 밀라노, 뉴턴 컴튼, 2007

✝

프란치스코의
행복 10계명
삶의 매듭 풀기

francis

2016.5.2.월~11.7.월 (AM 10:00~12:00)
서강대학교 이냐시오강당

등록안내 수강료_ 18만원(한 강의 등록시 각 2만원)
등록처_서강대학교 평생교육원 02)705-8718/8218

유흥식주교

대전교구 주교

5.02.월 10~12:00

자비의 특별 희년 선포의 의미와 우리의 자세

프란치스코 교황이 '자비의 희년'을 선포한 데에는 교회 쇄신을 통해 '새 무대'를 열겠다는 의지가 담겨 있다. 자비를 체험한 교회와 신자들이 쇄신의 자세로 복음화에 동참하기를 희망하는 유흥식 주교의 메시지.

제 1 강

최진석

서강대학교 철학과 교수

5.16.월 10~12:00

내 방식의 삶을 살되, 타인도 자신의 삶을 살게 두자

내 삶을 존중받고 싶다면 타인의 존엄부터 인정하라. 삶의 지혜와 인문학적 통찰을 담은 강연으로 철학의 새로운 지평을 연 〈EBS 인문학 특강〉의 스타강사 최진석 교수가 들려주는, 이 시대의 주인으로 살아가는 방법!

제 2 강

유기풍

서강대학교 총장

5.30.월 10~12:00

타인에게 마음을 열자

사람과 사람과의 관계에서 가장 중요한 요소는 배려이다. 어렵고 힘든 상황일수록 그 가치는 더욱 빛이 난다. 그 첫걸음은 내가 먼저 상대방에게 다가가는 것이다. 유기풍 서강대학교 총장의 성공적인 인간관계학!

제 3 강

법인스님

대흥사 일지암 주지

6.13.월 10~12:00

조용히 전진하자

혼탁과 미혹을 버리고 무소의 뿔처럼 혼자서 가라. 경쟁이 난무하는 세상, 어떻게 감동적으로 살 것인가. 삶의 애착에서 벗어나 참된 자아를 찾아 떠나는 여행. 법인스님의 따뜻한 직설이 죽비처럼 가슴을 때릴 것이다.

제 4 강

제 **5** 강

공지영

소설가

6.27.월 10~12:00

삶에 여유를 찾자

삶의 속도를 늦추고 뒤를 돌아보면 그제야 알 수 있다. 내가 얼마나 숨 가쁘게 달려왔는가를. 치열한 경쟁 속에서 늘 쫓기듯 사는 현대인들에게 베스트셀러 작가 공지영이 전하는 인생의 잠언!

제 **6** 강

안병철신부

평화방송 사장

9.05.월 10~12:00

일요일은 가족과 함께 쉬자

대한민국에서 가족으로 살아간다는 것은 어떤 의미일까. 핵가족 시대, 가족도 '관계 연습'이 필요하다. 평화방송 사장 안병철 신부와 함께 가족의 진정한 의미와 새로운 가치와 소중함을 느껴보는 시간!

제 **7** 강

이원재

희망제작소 소장

9.19.월 10~12:00

젊은 세대에 가치 있는 일자리를 만들어 줄 혁신적인 방법을 찾자

희망의 사각지대로 내몰리고 있는 젊은이들에게 필요한 건 '힘을 내라'는 격려가 아니라 '힘을 주는' 방법이다. 희망제작소 이원재 소장이 취업 전쟁의 블랙홀을 돌파하는 구체적인 전략을 제시한다.

제 **8** 강

지영선

환경운동연합 공동대표

10.10.월 10~12:00

자연을 존중하고 돌보자

지구온난화가 야생동물을 멸종 위기로 내몰고 있다. 인간이 만들 수도, 복구할 수 있는 대상도 아닌 생태계 보존을 위해서는 더불어 사는 길밖에 없다. 환경운동연합 지영선 대표에게 배우는 자연과 더불어 생활하는 법!

이동우

방송인, 개그맨

10.17.월 10~12:00

부정적 태도를 버리자

천둥벌거숭이처럼 날뛰던 어느 날, 예고 없이 찾아온 시련. 삶이 죽음보다 힘겨운 나날이었다. 그 어둡고 긴 터널을 빠져나왔을 때 비로소 세상이 보이기 시작했다. 장애를 딛고 5%의 기적을 만든 개그맨 이동우의 인생 2막 이야기!

제 **9** 강

오석원

성균관대학교 명예교수

10.24.월 10~12:00

개종시키려 하지 말자

모든 종교는 진리가 입고 있는 옷과 같다. '사랑하라'고 강요한다고 해서 없던 사랑의 마음이 생겨나지 않듯이 종교 역시 마찬가지다. 내가 정말 자유롭고 행복하다면 다른 사람도 자발적으로 내 신념을 따르게 될 것이다.

제 **10** 강

김지영신부

사회교정사목 위원장

11.07.월 10~12:00

평화를 위해 행동하자

이 세상이 꿈을 간직하려면 무엇이 필요할까. 자그마한 사랑과 희망과 기도면 족하다. 우리는 모두 바람에 나부끼는 깃털과 같으니 함께 평화를 갈구하는 노래를 부르자고 김지영 신부는 제안한다.

제 **11** 강

제병영신부의 매듭을 푸시는 성모님

http//cafe.daum.net/aoemgtjdah